AF177351

Henrich Stillings häusliches Leben

Eine wahrhafte Geschichte

Johann Heinrich Jung-Stilling

Impressum

Autor: Johann Heinrich Jung-Stilling
Umschlagkonzept: toepferschumann, Berlin

Verlag: tredition GmbH, Hamburg
ISBN: 978-3-8424-9106-9
Printed in Germany

Rechtlicher Hinweis:
Alle Werke sind nach unserem besten Wissen gemeinfrei und
unterliegen damit nicht mehr dem Urheberrecht.

Ziel der TREDITION CLASSICS ist es, tausende deutsch- und
fremdsprachige Klassiker wieder in Buchform verfügbar zu
machen. Die Werke wurden eingescannt und digitalisiert. Dadurch
können etwaige Fehler nicht komplett ausgeschlossen werden.
Unsere Kooperationspartner und wir von tredition versuchen, die
Werke bestmöglich zu bearbeiten. Sollten Sie trotzdem einen Fehler
finden, bitten wir diesen zu entschuldigen. Die Rechtschreibung der
Originalausgabe wurde unverändert übernommen. Daher können
sich hinsichtlich der Schreibweise Widersprüche zu der heutigen
Rechtschreibung ergeben.

Tucholsky Wagner Zola Scott Sydow Freud Schlegel
Turgenev Fonatne
Wallace Fouqué Friedrich II. von Preußen
Twain Walther von der Vogelweide Freiligrath
Weber Ernst Frey
Fechner Fichte Weiße Rose von Fallersleben Kant Richthofen Frommel
Hölderlin
Engels Fielding Eichendorff Tacitus Dumas
Fehrs Faber Flaubert Eliasberg
Feuerbach Maximilian I. von Habsburg Fock Eliot Zweig Ebner Eschenbach
Ewald Vergil
Goethe Elisabeth von Österreich London
Mendelssohn Balzac Shakespeare Dostojewski Ganghofer
Trackl Lichtenberg Rathenau Doyle Gjellerup
Stevenson Tolstoi Hambruch
Mommsen Lenz Hanrieder Droste-Hülshoff
Dach Thoma von Arnim
Verne Hägele Hauff Humboldt
Karrillon Reuter Rousseau Hagen Hauptmann Gautier
Garschin
Damaschke Defoe Hebbel Baudelaire
Descartes Hegel Kussmaul Herder
Wolfram von Eschenbach Dickens Schopenhauer Rilke George
Bronner Darwin Melville Grimm Jerome Bebel
Campe Horváth Aristoteles Proust
Bismarck Vigny Barlach Voltaire Federer Herodot
Gengenbach Heine
Storm Casanova Tersteegen Grillparzer Georgy
Chamberlain Lessing Langbein Gilm
Brentano Lafontaine Gryphius
Strachwitz Claudius Schiller Schilling Kralik Iffland Sokrates
Katharina II. von Rußland Bellamy
Gerstäcker Raabe Gibbon Tschechow
Löns Hesse Hoffmann Gogol Wilde Vulpius
Luther Heym Hofmannsthal Gleim
Roth Klee Hölty Morgenstern Goedicke
Luxemburg Heyse Klopstock Kleist
Puschkin Homer
La Roche Horaz Mörike Musil
Machiavelli
Navarra Aurel Musset Kierkegaard Kraft Kraus
Nestroy Marie de France Lamprecht Kind Kirchhoff Hugo Moltke
Laotse Ipsen Liebknecht
Nietzsche Nansen
Marx Lassalle Gorki Klett Leibniz Ringelnatz
von Ossietzky May vom Stein Lawrence Irving
Petalozzi
Plato Knigge
Pückler Michelangelo
Sachs Poe Liebermann Kock Kafka
de Sade Praetorius Mistral Zetkin Korolenko

Der Verlag tredition aus Hamburg veröffentlicht in der Reihe **TREDITION CLASSICS** Werke aus mehr als zwei Jahrtausenden. Diese waren zu einem Großteil vergriffen oder nur noch antiquarisch erhältlich.

Symbolfigur für **TREDITION CLASSICS** ist Johannes Gutenberg (1400 — 1468), der Erfinder des Buchdrucks mit Metalllettern und der Druckerpresse.

Mit der Buchreihe **TREDITION CLASSICS** verfolgt tredition das Ziel, tausende Klassiker der Weltliteratur verschiedener Sprachen wieder als gedruckte Bücher aufzulegen – und das weltweit!

Die Buchreihe dient zur Bewahrung der Literatur und Förderung der Kultur. Sie trägt so dazu bei, dass viele tausend Werke nicht in Vergessenheit geraten.

Text der Originalausgabe

Johann Heinrich Jung-Stilling

Henrich Stillings häusliches Leben

Eine wahrhafte Geschichte

Den ersten Mai 1772 des Nachmittags wanderte Stilling mit seiner Christine zu Fuß nach Schönenthal und Herr Friedenberg begleitete sie; die ganze Natur war still, der Himmel heiter, die Sonne schien über Berg und Tal und ihre warme Frühlingsstrahlen entfalteten Kräuter, Blätter und Blüten. Stilling freute sich seines Lebens und seiner Schicksale und er glaubte gewiß, jetzt würde sein Würkungskreis groß und weit umfassend werden, Christine hoffte das nämliche und Friedenberg schritt bald vorne, bald hinten langsam fort, rauchte seine Pfeife, und wie ihm etwas Wirtschaftliches einfiel, so sagte er's kurz und bündig, denn er glaubte, solche Erfahrungssätze würden den neu angehenden Hausleuten nützlich sein. Als sie nun auf die Höhe kamen, von welcher sie Schönenthal übersehen konnten, so durchschauerte Stillingen eine unbeschreibliche Empfindung, die er sich nicht erklären konnte, es ward ihm innig wohl und weh, er schwieg still, betete, und stieg mit seiner Begleitung hinab.

Diese Stadt liegt in einem sehr anmutigen Tal, welches von Morgen gegen Abend in gerader Linie fortläuft und von einem mittelmäßigen Flüßchen, der Wupper, durchströmt wird; den Sommer übersieht man das ganze Tal zwei Stunden hinauf, bis an die märkische Grenze mit leinen Garn, wie beschneit, und das Gewühl von tätigen und sich glücklich nährenden Menschen ist unbeschreiblich: alles steht voller einzelner Häuser; ein Garten, ein Baumhof stößt an den andern und ein Spaziergang durch dieses Tal hinauf ist paradiesisch. Stilling träumte sich eine selige Zukunft, und unter diesen Träumen schritt er ins Getöse der Stadt hinein.

Nach einigen Minuten führte ihn sein Schwiegervater in das Haus, welches ihm Dinkler und Troost zu seiner Wohnung bestimmt und gemietet hatten; es stand von der Hauptstraße etwas zurück, nahe an der Wupper und hatte einen kleinen Garten nebst einer herrlichen Aussicht in das südliche Gebirge. Die Magd war ein paar Tage vorausgegangen, hatte alles gereinigt und den kleinen Vorrat von Hausgeräte in Ordnung gebracht.

Als man nun alles hinlänglich besehen und beurteilt hatte, so nahm Friedenberg mit vielen heißen Segenswünschen Abschied und wanderte wieder nach Rosenheim zurück. Jetzt stand nun das junge Ehepaar da, und sah sich mit nassen Augen an – der gesamte Hausrat war sehr knapp zugeschnitten, sechs bretterne Stühle, ein Tisch, ein Bett für sie, und eins für die Magd, ein paar Schüsseln, sechs fayencene Teller, ein paar Töpfe zum Kochen usw. und dann das höchst nötige Leinwand, nebst den unentbehrlichsten Kleidern war alles, was man in dem großen Hause auftreiben konnte. Man verteilte dieses Geräte hin und her, und doch sah es überall unbeschreiblich leer aus. An den dritten Stock dachte man gar nicht, der war wüste und blieb's auch.

Und nun die Kasse? – diese bestand in allem aus fünf Reichstalern in barer Münze, und damit Punktum.

Wahrlich! wahrlich! es gehörte viel Vertrauen auf Gottes Vatersorge dazu, um die erste Nacht ruhig schlafen zu können, und doch schlief Stilling mit seinem Weibe recht wohl; denn sie zweifelten beide keinen Augenblick, Gott werde für sie sorgen. Indessen plagte ihn zu gewissen Zeiten seine Vernunft sehr, er gab ihr aber kein Gehör, und glaubte nur. Des andern Tages machte er seine Visiten, Christine aber gar keine, denn ihr Zweck war, so unbekannt und verborgen zu leben, als nur immer der Wohlstand erlauben würde. Jetzt fand nun Stilling einen großen Unterschied im Betragen seiner künftigen Mitbürger und Nachbarn: seine pietistischen Freunde, die ihn ehmals als einen Engel Gottes empfingen, ihn mit den wärmsten Küssen und Segenswünschen umarmten, blieben jetzt von ferne stehen, bückten sich bloß und waren kalt; das war aber auch kein Wunder, denn er trug nun eine Perücke mit einem Haarbeutel, ehemals war sie bloß rund und nur ein wenig gepudert gewesen, dazu hatte er auch Hand- und Halskrausen am Hemd und war also ein vornehmer, weltförmiger Mann geworden. Hin und wieder versuchte man's mit ihm auf den alten Schlag von der Religion zu reden, dann aber erklärte er sich freundlich und ernstlich: er habe nun lange genug von Pflichten geschwatzt, jetzt wolle er schweigen und sie ausüben; und da er vollends keiner ihrer Versammlungen mehr beiwohnte, so hielten sie ihn für einen Abtrünnigen und zogen nun bei allen Gelegenheiten in einem liebevollen und bedauernden Ton über ihn los. Wie sehr ist diese Maxime dieser sonst so guten und braven Leute zu bejammern! – ich gestehe gerne, daß die rechtschaffensten Leute und besten Christen unter ihnen sind, aber sie verderben alles Gute wieder durch ihren Hang zum Richten; wer nicht mit ihnen gerad eines Sinnes ist, mit ihnen von Religion tändelt und empfindelt, der gilt nichts, und wird für unwiedergeboren gehalten; sie bedenken nicht, daß das Maulchristentum gar keinen Wert hat, sondern daß man sein Licht durch gute Handlungen müsse leuchten lassen. Mit einem Wort: Stilling wurde von seinen alten Freunden nicht allein ganz verlassen, sondern sogar verleumdet; und als Arzt brauchten sie ihn fast gar nicht. Die Menge der reichen Kaufleute empfing ihn bloß höflich, als einen Mann, der kein Vermögen hat, und dem man gleich auf dem ersten Blick den tiefen Eindruck beibringen muß: hab nur ja niemals das Herz, Geld, Hülfe und Unterstützung von mir zu begehren; ich bezahle deine Mühe nach Verdienst, und weiter nichts. Doch fand er auch viele edle Männer, wahre Menschenseelen, deren Blick edle Gesinnungen verriet.

Das alles machte Stillingen doch das Herz schwer: bis dahin war er entweder an einen völlig besorgten Tisch gegangen, oder er hatte bezahlen können; die Welt um ihn her hatte wenig Bezug auf ihn gehabt, und bei allen seinen Leiden war sein Wirkungskreis unbedeutend gewesen; aber jetzt sah er sich auf einmal in eine große, glänzende, kleinstädtische, geldhungrige Kaufmannswelt versetzt, mit welcher er im geringsten nicht harmonierte, wo man die Gelehrten nur nach dem Verhältnis ihres Geldvorrats schätzte, wo Empfindsamkeit, Lektüre und Gelehrsamkeit, lächerlich war, und wo nur *der* Ehre genoß, der viel verdienen konnte. Er war also ein höchst kleines Lichtchen, bei dem sich niemand aufhalten, viel weniger erwärmen mochte. Stilling fing also an Kummer zu spüren.

Indessen vergingen zween, es vergingen drei Tage, ehe sich jemand fand, der seiner Hülfe bedurfte, und die fünf Reichstaler schmolzen verzweifelt zusammen. Den vierten Tag des Morgens

aber, kam eine Frau von Dornfeld, einem Flecken, der drei Viertel-
stunden von Schönenthal ostwärts liegt; sowie sie zur Tür hereintrat, fing sie mit tränenden Augen an: »Ach, Herr Doktor! wir haben
von Ihnen gehört, daß Sie ein sehr geschickter Mann sind, und etwas verstehen, nun haben wir ein großes, großes Unglück im Haus,
und da haben wir alle Doktoren bei und nah gebraucht, aber niemand, keiner kann ihm helfen; nun komme ich zu Ihnen; ach helfen
Sie doch meinem armen Kinde!«

Lieber Gott! dachte Stilling bei sich selbst, am ersten Patienten,
den ich bekommen, haben sich alle erfahrne Ärzte zuschanden kuriert, was werde ich unerfahrner denn ausrichten? Er fragte indessen: »Was fehlt denn Eurem Kinde?«

Die arme Frau erzählte mit vielen Tränen die Geschichte ihres
Kranken, welche vornehmlich auf folgende Umstände hinauslief:

Der Knabe war elf Jahr alt, und hatte vor etwa einem Vierteljahr
die Röteln gehabt; aus Unachtsamkeit seiner Wärter war er zu früh
in die kalte Luft gekommen, die Rötelmaterie war zurück ins Ge-
hirn getreten, und hatte nun ganz sonderbare Wirkungen hervorge-
bracht: seit sechs Wochen lag der Kranke ganz ohne Empfindung
und Bewußtsein im Bett, er regte kein Glied am ganzen Leib, außer
dem rechten Arm, welcher Tag und Nacht unaufhörlich, wie der
Perpendikel einer Uhr hin und her fuhr; durch Einflößung dünner
Brühen hatte man ihm bis daher das Leben erhalten, außerdem aber
durch keine Anwendung irgendeiner Arzenei etwas ausrichten
können. Die Frau beschloß ihre weitläuftige Erzählung mit dem
Verdacht: »Sollte das Kind auch wohl behext sein?«

»Nein«, antwortete Stilling, »das Kind ist nicht behext, ich will
kommen und es besehen.« Die Frau weinte wieder und sagte: »Ach
Herr Doktor, tun Sie das doch!« Und nun ging sie fort.

Doktor Stilling wanderte mit großen Schritten in seinem Zimmer
auf und ab, lieber Gott! dachte er: wer kann da Anfang und Ende
finden? – daß man alle mögliche Mittel gebraucht hat, daran ist kein
Zweifel, denn die Leute waren wohlhabend, was bleibt mir Anfän-
ger also übrig? In diesen schwermütigen Gedanken nahm er Hut
und Stock und reiste fort nach Dornfeld. Auf dem ganzen Wege
betete er zu Gott um Licht und Segen und Kraft; das Kind fand er
gerad so wie es seine Mutter beschrieben hatte, die Augen waren

geschlossen, es holte ordentlich Odem und der rechte Arm fuhr im regelmäßigsten Takt von der Brust gegen die rechte Seite immer hin und her; er setzte sich hin, besahe und betrachtete, und fragte alles aus, und bei dem Weggehen beorderte er die Frau, sie möchte in einer Stunde nach Schönenthal zu ihm kommen, er wolle während der Zeit über den seltsamen Umstand nachdenken, und dann etwas verordnen. Auf dem Wege nach Hause dachte er hin und her, was er dem Kinde wohl Nützliches verordnen könnte, endlich fiel ihm ein, daß Herr Spielmann Dippels tierisches Öl als ein Mittel gegen die Zuckungen gerühmt hätte; dies Medikament war ihm desto lieber, denn er glaubte sicher, daß es keiner von den Ärzten bisher würde gebraucht haben, weil es außer Mode gekommen sei; er blieb also dabei und sobald er nach Hause kam, verschrieb er ein Säftchen, von welchem jenes Öl die Basis war, die Frau kam, und holte es ab. Kaum waren zwo Stunden verflossen, so kam ein Bote, welcher Stillingen schleunig zu seinem Patienten abrief, er lief fort, sowie er zur Tür hineintrat, sah er den Knaben froh, munter und gesund im Bett sitzen, und man erzählte ihm, das Kind habe kaum ein Zuckerlöffelchen voll von dem Säftchen hinuntergeschluckt, so hab es die Augen geöffnet, sei erwacht, habe Essen gefordert, und der Arm sei ruhig, und gerad so geworden wie der andere. Wie dem guten Stilling dabei zumute war, das läßt sich nicht beschreiben, das Haus war voller Menschen, die das Wunder sehen wollten, alles schaute ihn wie einen Engel Gottes mit Wohlgefallen an, jeder segnete ihn, die Eltern aber weinten Tränen der Freude und wußten nicht, was sie dem geschickten Doktor tun sollten. Stilling dankte Gott innig in seiner Seele, auch seine Augen waren voll Tränen der Wonne, indessen schämte er sich von Herzen des Lobs, das man ihm beilegte und das er so wenig verdiente, denn die ganze Kur war weder Methode noch Überlegung, sondern bloßer Zufall, oder vielmehr göttliche väterliche Vorsehung.

Wenn er sich den ganzen Vorfall dachte, so konnte er sich kaum des lauten Lachens erwehren, daß man von seiner stupenden Geschicklichkeit redete, und er war sich doch bewußt, wie wenig er getan hatte, indessen hieß ihn die Klugheit schweigen und alles für bekannt annehmen, doch ohne sich eitle Ehre anzumaßen, er verschrieb also nun noch abführende und stärkende Mittel und heilte das Kind vollends.

Ich kann hier dem Drang meines Herzens nicht wehren, jungen Ärzten eine Lehre und Warnung mitzuteilen, die aus vielen Erfahrungen abstrahiert ist, und die auch dem Publikum, welches sich solchen unerfahrnen Männern anvertrauen muß, nützlich sein kann: Wenn der Jüngling auf die Universität kommt, so ist gemeiniglich sein erster Gedanke, bald fertig zu werden; denn das Studieren kostet Geld, und man will doch auch gern bald sein eigenes Brot essen; die nötigsten Hülfswissenschaften: Kenntnis der griechischen und lateinischen Sprache, Mathematik, Physik, Chemie und Naturgeschichte, werden versäumt, oder wenigstens nicht gründlich genug studiert; im Gegenteil verschwendet man die Zeit mit subtilen anatomischen Grübeleien, hört dann die übrigen Kollegien handwerksmäßig, und eilt nun ans Krankenbett. Hier aber findet man alles ganz anders, man weiß wenig oder nichts vom geheimen Gang der Natur und soll doch alles wissen; der junge Arzt schämt sich seine Unkunde zu gestehen, er schwadroniert also ein Galimathias daher, wobei dem erfahrnen Praktiker die Ohren gellen, setzt sich hin, und verschreibt etwas nach seiner Phantasie; wenn er nun noch einigermaßen Gewissen hat, so wählt er Mittel, die wenigstens nicht schaden können, allein wie oft wird dadurch der wichtigste Zeitpunkt versäumt, wo man nützlich wirken könnte? – und über das alles glaubt man manchmal etwas Unschädliches verschrieben zu haben, und bedenkt nicht, daß man doch auch dadurch noch schaden könne, weil man die Krankheit nicht kennt! –

Durchaus sollten also die Jünglinge nach vollständig erlangten Kenntnissen der Hülfswissenschaften, die Wundarzenei aus dem Grunde studieren: denn diese enthält die zuverlässigsten Erkenntnisgründe, aus welchen man nach der Analogie auf die innern Krankheiten schließen kann; dann müßten sie mit dem Lehrer der praktischen Arzneikunde, der aber selbst ein sehr guter Arzt sein muß, am Krankenbett die Natur studieren, und dann endlich, aber man merke wohl! unter der Leitung eines geschickten Mannes, ihr höchst wichtiges Amt antreten! – Gott! wo fehlt es wohl mehr, als in der Einrichtung des Medizinalwesens, und in der dazu gehörigen Polizei? –

Diese erste Kur machte ein großes Geräusch, nun kamen Blinde, Lahme, Krüppel und unheilbare Kranke von aller Art, allein Dippels Öl half nicht allen, und für andere Schäden hatte Stilling noch kein solches Spezifikum gefunden; der Zulauf ließ also wieder nach, doch kam er nun in eine ordentliche Praxis, die ihm den notwendigsten Unterhalt verschaffte. Seine Kollegen fingen indessen an über ihn loszuziehen, denn sie hielten die Kur für Quacksalberei und machten das Publikum ahnden, daß er ein großer Scharlatan sein, und werden würde. Dieses vorläufige Gerüchte kam nun auch nach Rüsselstein ans Medizinalkollegium, und brachte den Räten in demselben nachteilige Ideen von ihm bei, er wurde dahin zum Examen gefordert, in welchem er ziemlich hergenommen wurde, doch bestand er trotz allen Versuchen der Schikane so, daß niemand etwas an ihm haben konnte, er bekam also das Patent eines privilegierten Arztes.

Gleich von Anfang dieses Sommers machte Stilling bekannt, daß er den jungen Wundärzten und Barbiergesellen ein Kollegium über die Physiologie lesen wolle, dieses kam zustande, die Herren Dinkler und Troost besuchten diese Stunde selbst fleißig, und von der Zeit an hat er fast ununterbrochen Kollegia gelesen, wenn er öffentlich redete, dann war er in seinem Element, über dem Sprechen entwickelten sich seine Begriffe so, daß er oft nicht Worte genug finden konnte, um alles auszudrücken, seine ganze Existenz heiterte sich auf und ward zu lauter Leben und Darstellung. Ich sage das nicht aus Ruhmsucht, das weiß Gott, er hatte ihm das Talent gegeben, Stilling hatte nichts dabei getan, seine Freunde ahndeten oft, er würde dereinst noch öffentlicher Lehrer werden. Dann seufzte er bei sich selbst, und wünschte, aber er sahe keinen Weg vor sich, wie er diese Stufe würde ersteigen können.

Kaum hatte Stilling etliche Wochen unter solchen Geschäften zugebracht, als auf einmal die schwere Hand des Allmächtigen wiederum die Rute zuckte und schrecklich auf ihn zuschlug. Christine fing an zu trauern und krank zu werden, nach und nach fanden sich ihre fürchterlichen Zufälle in all ihrer Stärke wieder ein, sie bekam langwierige heftige Zuckungen, die manchmal stundenlang dauerten und den armen schwächlichen Körper dergestalt zusammenzogen, daß es erbärmlich anzusehen war; oft warfen sie die Konvulsionen aus dem Bett heraus, wobei sie so schrie, daß man's etliche Häuser weit in der Nachbarschaft hören konnte; dieses währte etliche Wochen fort, als ihre Umstände zusehends gefährlicher wurden. Stilling sahe sie für vollkommen hektisch an, denn sie hatte wirklich alle Symptomen der Lungensucht, jetzt fing er an zu zagen und mit Gott zu ringen, alle seine Kräfte erlagen, und diese neue Gattung von Kummer, ein Weib zu verlieren, das er so zärtlich liebte, schnitt ihm tiefe Wunden ins Herz, dazu kamen noch täglich neue Nahrungssorgen, er hatte an einem solchen blühenden Handelsort keinen Kredit, zudem war alles sehr teuer und die Lebensart kostbar; mit jedem Erwachen des Morgens fiel ihm die Frage wie ein Zentner schwer aufs Herz, wirst du auch diesen Tag dein Auskommen finden? denn der Fall war sehr selten, daß er zween Tage Geldvorrat hatte, freilich stunden ihm seine Erfahrungen und Glaubensproben deutlich vor Augen, aber er sahe denn doch täglich noch frömmere Leute, die mit dem bittersten Mangel rungen, und kaum Brot genug hatten den Hunger zu stillen; was konnte ihn also anders trösten als ein unbedingtes Hingeben an die Barmherzigkeit des himmlischen Vaters, der ihn nicht würde über Vermögen versucht werden lassen?

Dazu kam noch ein Umstand: er hatte den Grundsatz, daß jeder Christ, und besonders der Arzt, ohne zu vernünfteln, bloß im Vertrauen auf Gott wohltätig sein müsse; dadurch beging er nun den großen Fehler, daß er den geheimen Hausarmen öfters die Arzneimittel in der Apotheke auf seine Rechnung machen ließ, und sich daher in Schulden steckte, die ihm hernach manchen Kummer machten; auch kam es ihm nicht darauf an, bei solchen Gelegenheiten das Geld, welches er eingenommen hatte, hinzugeben. Ich kann nicht sagen, daß in solchen Fällen innerer Trieb zur Wohltätigkeit seine Handlungen leitete, nein! es war auch ein gewisser Leichtsinn und Nichtachtung des Geldes damit verbunden; welche Schwäche des Charakters Stilling damals noch nicht recht kannte, aber endlich durch viele schwere Proben gnugsam kennenlernte. Daß er auf diese Weise eine sehr ausgebreitete Praxis bekam, ist kein Wunder, er hatte überflüssig zu tun, aber seine Mühe trug wenig ein. Christine härmte sich auch darüber ab, denn sie war sehr sparsam, und er sagte ihr nichts davon, wenn er irgend jemand etwas gab, um keine Vorwürfe zu hören, denn er glaubte gewiß, Gott würde ihn auf andre Weise dafür segnen. Sonst waren beide sehr mäßig in Nahrung und Kleidung, sie begnügten sich bloß mit dem, was der äußerste Wohlstand erforderte.

Christine wurde also immer schlechter, und Stilling glaubte nun gewiß, er würde sie verlieren müssen. An einem Vormittag, als er am Bette saß und ihr aufwartete, fing ihr der Odem auf einmal an stillzustehen, sie reckte die Arme gegen ihren Mann aus, sah ihn mit durchbohrendem Blick an, und hauchte die Worte aus: »Lebe wohl – Engel – Herr erbarme dich meiner – ich sterbe!« Damit starrte sie hin, alle Züge des Todes erschienen in ihrem Gesicht, der Odem stand, sie zuckte, und – Stilling stand wie ein armer Sünder vor seinem Scharfrichter, er fiel endlich über sie her, küßte sie, und rief ihr Worte des Trostes ins Ohr, allein sie war ohne Bewußtsein; in dem Augenblick als nun Stilling Hülfe rufen wollte, kam sie wieder zu sich selbst; sie war viel besser und merklich erleichtert. Stilling hatte bei weitem noch nicht medizinische Erfahrung genug, um alle die Rollen zu kennen, welche das schreckliche hysterische Übel in so schwächlichen und reizbaren Körpern zu spielen pflegt; daher kam's, daß er so oft in Angst und Schrecken gesetzt wurde. Christine starb also nicht, aber sie blieb noch gefährlich krank und die fürchterlichen Paroxismen dauerten immer fort, sein Leben war daher eine immerwährende Folter und jeder Tag hatte neue Martern für ihn und seine Gattin in Bereitschaft.

Gerade in dieser schweren Prüfungszeit kam ein Bote von einem Ort, der fünf Stunden weit von Schönenthal entlegen war, um ihn zu einer reichen und vornehmen Person zu holen, welche an einer langwierigen Krankheit darniederlag; so schwer es ihm auch ankam seine eigene Frau in diesem trübseligen Zustand zu verlassen, so sehr fühlte er doch die Pflicht seines Amts, und da die Umstände jener Patientin nicht gefährlich waren, schickte er den Boten wieder fort und versprach den andern Tag zu kommen; er richtete also seine Sachen darnach ein, um einen Tag abwesend sein zu können. Des Abends um sieben Uhr schickte er die Magd fort um eine Flasche Malaga zu holen, denn mit diesem Wein konnte sich Christine erquicken; wenn sie nur einige Tropfen nahm, so fand sie sich gestärkt. Nun war aber Christinens jüngere Schwester, ein Mädchen von 13 Jahren gerade da, um die Kranke zu besuchen, diese ging also mit der Magd fort um den Wein zu holen. Stilling empfahl den Mädchen ernstlich bald wiederzukommen, weil noch Verschiedenes zu tun und auf seine morgende Reise zuzurüsten sei, indessen geschah es nicht; der schöne Sommerabend verführte die ohnehin so leichtsinnige Magd spazierenzugehen, daher kamen sie erst um neun Uhr nach Haus. Stilling hatte also seiner Frauen das Bett machen, und allerhand Arbeiten selbst verrichten müssen, beide waren daher mit Recht verdrüßlich. Sowie die Magd zur Tür hereintrat, fing Stilling in einem sanften aber ernsten Ton an ihr Ermahnungen zu geben und sie an ihre Pflichten zu erinnern; die Magd schwieg still und ging mit der Jungfer Friedenberg die Treppe hinab in die Küche. Nach einer kleinen Weile hörten sie beide eine dumpfe, schreckliche und fürchterliche Stimme und zugleich das Hülferufen der Schwester. Die ohnehin schauerliche Abenddämmerung und dann der schreckliche Ton, machten einen solchen Eindruck, daß Stilling selbst eiskalt über den ganzen Leib wurde, die Kranke aber schrie überlaut für Schrecken. Stilling lief indessen die Treppe hinab um zu sehen was vorging. Da fand er nun die Magd mit fliegenden Haaren am Waschstein stehen, und wie eine Unsinnige jenen scheußlichen Ton von sich geben, der Geifer floß ihr aus dem Mund und sie sahe aus wie eine Furie.

Nun überlief Stillingen der Ingrimm, er griff die Magd am Arm, drehte sie herum und sagte ihr mit Nachdruck:»Großer Gott! was macht Sie? – welcher Satan treibt Sie, mich in meinen traurigen Umständen so zu martern – hat Sie denn kein menschliches Gefühl mehr?« – Dies war nun Öl ins Feuer gegossen, sie krisch konvulsivisch, riß sich los, fiel hin, und bekam die fallende Sucht auf die schrecklichste Weise; in dem nämlichen Augenblick hörte er auch Christine die fürchterlichsten Töne ausstoßen, er lief also die Treppe hinauf und fand in der Dämmerung seine Frau in der allerschrecklichsten Lage, sie hatte alles Bettwerk herausgeworfen, und wühlte krämpficht unten im Stroh, alle Besonnenheit war fort, sie knirschte, und die Krämpfe zogen ihr den Kopf hinterwärts bis an die Fersen. Jetzt schlugen ihm die Wellen des Jammers über dem Kopf zusammen, er lief hinaus zu den nächsten Nachbarn und alten Freunden und rief mit lautem Wehklagen um Hülfe; Männer und Weiber kamen, und suchten beide Leidende wieder zurechtzubringen, mit der Magd gelung es am ersten, sie kam wieder zu sich selbst, und wurde zu Bette gebracht, Christine aber blieb noch ein paar Stunden in dem betrübten Zustande, dann wurde sie still; nun machte man ihr das Bett und legte sie hinein, sie lag wie ein Schlafender, ganz ohne Bewußtsein und ohne sich ermuntern zu können, darüber wurde es Tag, zwo Nachbarinnen blieben nebst der Schwester bei Christinen und Stilling ritt mit dem schwersten Herzen von der Welt zu seiner Patientin. Als er des Abends wiederkam, so fand er seine Frau noch in der nämlichen Betäubung, und erst des andern Morgens kam sie wieder zu sich selbst.

Jetzt jagte er die boshafte Magd fort und mietete eine andere. Nun verzog sich auch das Gewitter für diesmal, Christine wurde wieder gesund, und es fand sich, daß alle diese schreckliche Zufälle Folgen einer anfangenden Schwangerschaft gewesen waren. Den folgenden Herbst hatte sie wieder mit einer eiternden Brust zu tun, welche abermals viele schwere Umstände veranlaßte, außerdem war sie während der Zeit recht gesund und munter.

Stillings häusliches Leben hatte also in jeder Rücksicht einen schweren kummervollen Anfang genommen. In seiner ganzen Lage war gar nichts Angenehmes, als die Zärtlichkeit, womit ihn Christine behandelte; beide liebten sich von Herzen und ihr Umgang miteinander war ein Muster für Eheleute. Doch machte ihm auch die überschwengliche Liebe seiner Frauen zuweilen recht bittere Stunden, denn sie artete öfters in Eifersucht aus; indessen verlor sich diese Schwachheit in den ersten paar Jahren ganz. Im übrigen aber war Stillings ganze Verfassung dem Zustand eines Wanderers ähnlich, der in der Nacht durch einen Wald voller Räuber und reißender Tiere reist, und sie von Zeit zu Zeit nah um sich her rauschen und brüllen hört. Ihn quälten immerwährende Nahrungssorgen, er hatte wenig Glück in seinem Beruf, wenig Liebe bei dem Publikum, unter welchem er lebte und also keinen tröstenden Umgang, niemand flößte ihm Mut ein, denn die es gekonnt hätten, kannten ihn und er sie nicht, und die ihn und seine Lage kannten und bemerkten, verachteten ihn, oder er war ihnen gleichgültig. Kam er zuweilen nach Rosenheim, so durfte er nichts sagen, um keine Sorgen zu erwecken, denn Herr Friedenberg war nun für das Kapital, mit welchem er studiert hatte, Bürge geworden; sogar seiner Christine mußte er seinen Kummer verbergen, denn ihr zärtliches Gemüt hätte ihn nicht mit ihm tragen können, er mußte ihr also noch Mut einsprechen, und ihr die beste Hoffnung machen.

Mit Stillings Beruf und Krankenbedienung war es überhaupt eine sonderbare Sache: solange er unbemerkt, unter den Armen und unter dem gemeinen Volk würkte, so lange tat er vortreffliche Kuren, fast alles gelung ihm, sobald er aber einen Vornehmen, auf den viele Augen gerichtet waren, zu bedienen bekam, so wollte es auf keinerlei Weise fort, daher blieb sein Würkungskreis immer auf Leute, die wenig bezahlen konnten, eingeschränkt. Doch läßt sich dieser seltsam scheinende Umstand leicht begreifen: Seine ganze Seele war System, alles sollte ihm nach Regeln gehen, daher hatte er gar keine Anlage zu der feinen und erlaubten Scharlatanerie, die dem praktischen Arzt, der etwas verdienen und vor sich bringen will, so nötig ist; wenn er also einen Kranken sahe, so untersuchte er seine Umstände, machte alsdann einen Plan, und verfuhr nach demselben. Gelung ihm sein Plan nicht, so war er aus dem Feld geschlagen, nun arbeitete er mit Verdruß und konnte sich nicht recht helfen. Bei gemeinen und robusten Körpern, in welchen die Natur regelmäßiger und einfacher würkt, gelang ihm seine Methode am leichtesten, aber da wo Wohlleben, feinere Nerven, verwöhnte Empfindung und Einbildung mit im Spiel waren und wo die Krankenbedienung aus hunderterlei Arten von wichtig scheinender Geschäftigkeit zusammengesetzt sein mußte, da war Stilling nicht zu Haus.

Dies alles flößte ihm allmählich einen tiefen Widerwillen gegen die Arzneikunde ein, und bloß der Gedanke: Gott habe ihn zum Arzt bestimmt, und er werde ihn also nach und nach in seinem Beruf glücklich machen, erhielt seine Seele aufrecht, und in unermüdeter Tätigkeit. Aus diesem Grunde faßte er schon im ersten Sommer den riesenmäßigen Entschluß, so lange zu studieren und nachzudenken bis er's in seinem Beruf zur mathematischen Gewißheit gebracht hätte; er kam auch bei dieser mühseligen Arbeit auf wichtige Spuren und er entdeckte viele neue philosophische Wahrheiten, allein je weiter er forschte, desto mehr fand er, daß er immer unglücklicher werden würde, je mehr Grund und Boden er in seinem Beruf fände; denn er sahe immer mehr ein, daß der Arzt sehr wenig tun, also auch wenig verdienen könne; darüber wurde seine Hoffnung geschwächt, die Zukunft vor seinen Augen dunkel, gerade wie einem Wanderer, den auf unbekanntem gefährlichen Wege ein dusterer Nebel überfällt, so daß er keine zehen Schritte vor sich weg sehen kann. Er warf sich also blindlings in die Vaterarme Gottes, hoffte wo nichts zu hoffen war, und pilgerte seinen Weg sehr schwermütig fort.

Darf ich's sagen, Freunde! Leser! daß Stilling bei dem allen ein glückseliger Mann war? – Was ist denn Menschenbestimmung anders als Vervollkommung der Existenz, um Glückseligkeit um sich her verbreiten zu können? – Gott- und Christusähnlichkeit ist das strahlende Ziel, das wie Morgenglanz dem Sterblichen von Jugend auf entgegenglänzt; allein wo ist der Knabe, der Jüngling, der Mann, bei dem Religion und Vernunft so viel Übergewicht über die Sinnlichkeit haben, daß er nicht sein Leben durch, im Genuß verträumt, und seiner Bestimmung, jenes erhabenen Ziels vergißt? – deswegen ist es ein unschätzbares Glück, wenn ein Mensch von Jugend auf zum völligen Vertrauen auf Gott angewiesen und er dann auch von der Vorsehung in die Lage gesetzt wird, dieses Vertrauen üben zu müssen; dadurch wird seine Seele geschmeidig, demütig, gelassen, duldend, ohne Unterlaß würksam, sie kämpft durch Leiden und Meiden und überwindet alles; kein Feind kann ihr wesentlich schaden, denn er streitet gegen ihn mit den Waffen der Liebe, diesen aber widersteht niemand, sogar die Gottheit kann durch Liebe überwunden werden. Das war Stillings Fall – der Weise muß ihn also glücklich schätzen, ob sich gleich schwerlich jemand in seine Lage wünschen wird.

Gegen den Herbst des 1772sten Jahres kamen die beiden vortrefflichen Brüder Vollkraft von Rüsselstein nach Schönenthal; der älteste war Hofkammerrat und ein edler, rechtschaffener, vortrefflicher Mann, dieser hatte eine Kommission daselbst, welche ihn etliche Wochen aufhielt, sein Bruder, ein empfindsamer, zärtlicher und bekannter Dichter und zugleich ein Mann von der besten, edelsten und rechtschaffensten Gesinnung begleitete ihn, um ihm an einem Ort, wo so gar keine Seelennahrung für ihn war, Gesellschaft zu leisten. Herr Doktor Dinkler war mit diesen beiden edlen Männern sehr wohl bekannt, beim ersten Besuch also schilderte er ihnen Stillingen so vorteilhaft, daß sie begierig wurden ihn kennenzulernen; Dinkler gab ihm einen Wink, und er eilte sie zu besuchen. Dies geschah zum erstenmal an einem Abend; der Hofkammerrat ließ sich in ein Gespräch mit ihm ein, und wurde dergestalt von ihm eingenommen, daß er ihn küßte und umarmte, und ihm seine ganze Liebe und Freundschaft schenkte, eben das war auch der Fall mit dem andern Bruder, beide verstunden ihn, und er verstund sie, die Herzen flossen ineinander über, es entstanden Seelengespräche, die nicht jeder versteht.

Stillings Augen waren bei dieser Gelegenheit immer voller Tränen, sein tiefer Kummer machte sich Luft, aber von seiner Lage entdeckte er nie etwas, denn er wußte wie demütigend es sei, gegen Freunde sich hülfbedürftig zu erklären; er trug also seine Bürde allein, welche aber doch dadurch sehr erleichtert wurde, daß er nun einmal Menschen fand, die ihn verstunden, sich ihm mitteilten. Dazu kam noch eins: Stilling war von geringem Herkommen, er war von Jugend auf gewohnt, obrigkeitliche Personen, oder auch reiche, vornehme Leute, als Wesen von einer höhern Art anzusehen, daher war er immer in ihrer Gegenwart schüchtern und zurückhaltend, dies wurde ihm dann für Dummheit, Unwissenheit und Ankleben seines niedrigen Herkommens ausgelegt; mit einem Wort, von Leuten von gewöhnlicher Art, die keine feine Empfindungsorgane hatten, wurde er verachtet: die Gebrüder Vollkraft aber waren von einem ganz andern Schlag, sie behandelten ihn vertraulich, er taute bei ihnen auf, und konnte sich so zeigen wie er war.

Friedrich Vollkraft (so hieß der Hofkammerrat) fragte ihn bei dem ersten Besuch, ob er nicht etwas geschrieben habe? Stilling antwortete: »Ja!« denn er hatte seine Geschichte in Vorlesungen, stückweise an die Gesellschaft der schönen Wissenschaften in Straßburg, welche damals noch bestund, gesandt, und die Abschrift davon zurückbehalten; die beiden Brüder wünschten sehr sie zu lesen; er brachte sie also bei dem nächsten Besuch mit, und las sie ihnen vor; sowohl der Stil als die Deklamation war ihnen so unerwartet, daß sie laut ausriefen und sagten: »Das ist schön – unvergleichlich!« – sie ermunterten ihn also zum Schreiben und bewogen ihn einen Aufsatz in den »Teutschen Merkur«, der damals anfing, zu liefern, er tat das, und schrieb »Ase-Neitha, eine orientalische Erzählung«, sie steht im ersten Stück des dritten, und im ersten Stück des vierten Bandes dieser periodischen Schrift und gefiel allgemein.

Vollkraft wurde durch diese Bekanntschaft Stillings Stütze, die ihm seinen schweren Gang sehr erleichterte, er hatte nun in Rüsselstein, wenn er dahin reiste, eine Herberge und einen Freund, der ihm durch seinen Briefwechsel manchen erquickenden Sonnenstrahl mitteilte. Indessen wurde er durch diese Verbindung bei seinen Mitbürgern, und besonders bei den Pietisten, noch verhaßter, denn in Schönenthal herrscht allgemein ein steifes Anhangen ans Religionssystem, und wer im geringsten anders denkt, wie das bei den Gebrüdern Vollkraft der Fall war, der ist Anathema Maranatha; sogar, wenn sich einer mit Schriftstellerei abgibt, insofern er ein Gedicht, das nicht geistlich ist, oder einen Roman, er mag noch so moralisch sein, schreibt, so bekommt er schon in ihren Augen den Anstrich des Freigeistes und wird verhaßt. Freilich denken nicht alle Schönenthaler Einwohner so, davon werden im Verfolg noch Proben erscheinen, doch aber ist das die Gesinnung des großen Haufens, und der gibt doch den Ton an.

In dieser Lage lebte Doktor Stilling unter mancherlei Abwechselungen fort; am Ende des 1772sten Jahres machte er seine Hausrechnung; er zog die Bilanz zwischen Einnahme und Ausgabe, oder vielmehr Einkommen und Aufwand, und fand nun zu seinem größten Leidwesen, daß er über zweihundert Taler mehr Schulden hatte, und das ging so zu: in Schönenthal herrscht der Gebrauch, daß man das, was man in der Stadt verdient, auf Rechnung schreibt; da man also kein Geld einnimmt, so kann man auch keins ausgeben; daher holt man bei den Krämern seine Notdurft und läßt sie auch anschreiben: am Schluß des Jahres macht man seine Rechnungen und teilt sie aus, und so empfängt man Rechnungen und bezahlt sie; nun hatte Stilling zwar so viel verdient, als er verzehrt hatte, allein seine Forderungen waren in so kleinen Teilchen zerstreut, daß er sie ohnmöglich alle eintreiben konnte; er blieb also stecken, die Krämer wurden nicht bezahlt, und so sunk sein Kredit noch mehr; daher war sein Kummer unaussprechlich. Die tägliche bare Ausgaben bestritt er mit den Einnahmen von auswärtigen Patienten, diese waren aber so knapp zugeschnitten, daß er bloß die Notdurft hatte, und öfters auf die äußerste Probe gesetzt wurde, wo ihn aber doch die Vorsehung nie verließ, sondern ihm, wie ehmals, sichtbar und wunderbarerweise heraushalf; unter hundert Beispielen eins:

In Schönenthal werden lauter Steinkohlen in der Küche und in den Stubenöfen gebraucht, alle diese Steinkohlen werden aus der benachbarten Grafschaft Mark herzugeführt; Stilling hatte also seinen Fuhrmann, der ihm von Zeit zu Zeit eine Pferdsladung brachte, welche er aber immer auf der Stelle bezahlen mußte, denn mit dem Gelde mußte der Fuhrmann einkaufen; dies hatte ihm auch noch nie gefehlt, denn er war immer mit dem Nötigen versehen gewesen; einsmals kam dieser Fuhrmann an einem Nachmittag vor der Türe gefahren, die Steinkohlen waren nötig und der Mann konnte überhaupt nicht abgewiesen werden. Nun hatte Stilling keinen halben Gulden im Hause, und er fand auch keine Freiheit in sich, bei einem Nachbarn zu lehnen. Christine weinte, und er flehte in feurigen Seufzern zu Gott; nur ein paar Konventionstaler waren nötig, aber dem, der sie nicht hat, fällt die Zahlung so schwer, als einem, der Tausende bezahlen soll, und keine hundert hat. Indessen lud der Fuhrmann seine Kohlen ab, als das geschehen war, wusch er seine Hände, um sein Geld zu empfangen, Stilling klopfte das Herz und seine Seele rung mit Gott. Auf einmal trat ein Mann mit seiner Frau zur Türe herein, die guten Leute waren von Dornfeld; Stilling hatte den Mann vor etlichen Wochen von einer schweren Krankheit kuriert, und sein Verdienst bis folgendes Neujahr auf Rechnung geschrieben. Nach den gewöhnlichen Grüßen fing der Mann an: »Ich hab da Geld empfangen und wie ich da vor der Tür hergehe, so fällt mir ein, ich brauchte auch meine Rechnung just nicht bis Neujahr stehen zu lassen, sondern ich wollte sie als vor der Hand bezahlen, Sie könnten's brauchen.« – »Auch gut!« versetzte Stilling; er ging, holte das Buch, machte die Rechnung und empfing zehn Reichstaler.

Dieser Beispiele erfuhr Stilling sehr viele, er wurde auch dadurch im Glauben sehr gestärkt und zum Ausharren ermuntert.

Den 5ten Jänner 1773 gebar ihm Christine eine Tochter, und obgleich alles den gewöhnlichen Weg der Natur ging, so gab es doch wieder sechs erschreckliche Stunden, in welchen die Furie Hysterik ihre Krallen recht gebrauchte: denn bei dem Eintritt der Milch in die Brüste, wurde die arme Frau wie ein Wurm hin und her geschleudert; solche Zeiten waren auch immer durchdringende Läuterungs-Feuer für Stilling.

Im folgenden Frühjahr, als er an einem Sonnabend auf ein benachbartes Dorf ritt, welches anderthalb Stunden von Schönenthal liegt, um Kranke zu besuchen und den ganzen Tag Häuser und Hütten durchkrochen hatte, so kam am Abend eine arme junge wohlgestalte Frau über die Straße hergestiegen, sie war blind, und ließ sich führen; nun hatte Stilling noch immer einen vorzüglichen Ruf in der Heilung der Augenkrankheiten, er stand vor der Tür des Wirtshauses neben seinem Pferde, und wollte eben aufsteigen. Nun fing die arme Frau an:

»Wo ist der Herr Doktor?«

»Hier! was will Sie, gute Frau?«

»Ach sehen Sie mir doch einmal in die Augen, ich bin schon etliche Jahre blind, habe zwei Kinder, die ich noch nicht gesehen habe, mein Mann ist ein Taglöhner, sonst half ich uns mit Spinnen ernähren, nun kann ich das nicht mehr, und mein Mann ist recht fleißig, aber er kann's doch allein nicht zwingen, und da geht's uns sehr übel, ach sehen Sie doch, ob Sie mir helfen können!«

Stilling sahe ihr in die Augen und sagte:»Sie hat den grauen Star, Ihr könnte vielleicht geholfen werden, wenn sich ein geschickter Mann fände, der sie operierte.«

»Verstehen Sie das denn nicht? Herr Doktor!«

»Ich verstehe das wohl, aber ich hab's noch nie an lebendigen Personen probiert.«

»O so probieren Sie es doch an mir!«

»Nein, liebe Frau, das probiere ich nicht, ich bin zu furchtsam dazu, es könnte mißlingen, und dann müßte sie immer blind bleiben, es wär' ihr nicht zu helfen.«

»Wenn ich es aber nun wagen will? – Sehen Sie, ich bin blind, und werde nicht blinder als ich bin, vielleicht segnet Sie unser Herr Gott, daß es gerät, operieren Sie mich!«

Bei diesen Worten überlief ihn ein Schauer, Operationen waren seine Sachen nicht, er schwung sich also aufs Pferd und sagte: »Großer Gott! lasse Sie mich in Ruhe, ich kann – ich kann Sie nicht operieren.«

»Herr Doktor! Sie müssen; es ist Ihre Schuldigkeit: Gott hat Sie dazu berufen, den armen Notleidenden zu helfen, sobald Sie können, nun können Sie aber den Star operieren, ich will der erste sein, will's wagen, und ich verklage Sie am Jüngsten Gericht, wenn Sie mir nicht helfen.«

Das waren nun Dolche in Stillings Herz, er fühlte, daß die Frau recht hatte, und doch hatte er fast eine unüberwindliche Furcht und Abneigung gegen alle Operationen am menschlichen Körper, denn er war auf der einen Seite zu zärtlich, zu empfindsam, und auf der andern auch zu gewissenhaft, um das lebenslängliche Glück eines Menschen so aufs Spiel zu setzen. Er antwortete also kein Wort mehr und trabte fort, unterwegs kämpfte er erschrecklich mit sich selbst, allein das Resultat blieb immer, nicht zu operieren. Indessen ließ es die arme Frau nicht dabei bewenden, sie ging zu ihrem Prediger.

Warum soll ich ihn nicht nennen – den edlen Mann, den auserwählten unter Tausenden, den seligen Theodor Müller? – er war der Vater, der Ratgeber aller seiner Gemeindsglieder, der kluge, sanfte, unaussprechlich tätige Knecht Gottes, ohne Pietist zu sein; kurz, er war ein Jünger Jesus im vollen Sinn des Worts. Sein Prinzipal forderte ihn früh ab, gewiß um ihn über viel zu setzen. Lavater besang seinen Tod, die Armen beweinten, und die Reichen betrauerten ihn. Heilig sei mir dein Rest, du Samkorn am Tage der Wiederbringung!

Diesem edlen Manne klagte die arme Blinde ihre Not und sie verklagte zugleich den Doktor Stilling; Müller schrieb ihm daher einen dringenden Brief, in welchem er ihm alle die glücklichen Folgen vorstellte, welche diese Operation nach sich ziehen würde, im Fall sie gelänge, dagegen schilderte er ihm auch die unbeträchtliche Folgen, im Fall des Mißlingens. Stilling lief in der Not seines Herzens zu Dinkler und Troost, beide rieten ihm ernstlich zur Operation, und der erste versprach sogar mitzugehen und ihm beizustehen; dies machte ihm einigen Mut und er entschloß sich mit Zittern und Zagen dazu.

Zu dem allen kam noch ein Umstand, Stilling hatte die Ausziehung des grauen Stars bei Lobstein zu Straßburg vorzüglich gelernt, sich auch bei Bogner die Instrumente machen lassen, denn damals war er willens, diese vortreffliche und wohltätige Heilung noch mit seinen übrigen Augenkuren zu verbinden; als er aber selbst praktischer Arzt wurde und all das Elend einsehen lernte, welches auf mißlungene Krankenbedienung folgte, so wurde er äußerst zaghaft, er durfte nichts wagen, daher verging ihm alle Lust, den Star zu operieren, und das alles war auch eine Hauptursache mit, warum er nicht so viel ausrichten konnte, wenigstens nicht so viel auszurichten schiene, als andere seiner Kollegen, die alles unternahmen, fortwürkten, auch manchmal erbärmlich auf die Nase fielen, sich aber doch wieder aufrafften und bei alledem weiterkamen, wie er.

Stilling schrieb also an Müllern, daß er den und den Tag mit Herrn Doktor Dinkler kommen würde, um die Frau zu operieren; beide machten sich demnach des Morgens auf den Weg und wanderten nach dem Dorfe hin; Dinkler sprach Stillingen allen möglichen Mut ein, aber es half wenig. Sie kamen endlich im Dorf an, und gingen in Müllers Haus, auch dieser sprach ihm Trost zu, und nun wurde die Frau nebst dem Wundarzt geholt, der ihr den Kopf halten mußte; als nun alles bereit war und die Frau saß, so setzte sich Stilling vor ihr, mit Zittern nahm er das Starmesser und drückte es am gehörigen Ort ins Auge; als aber die Patientin dabei, wie natürlich ist, etwas mit dem Odem zuckte, so zuckte Stilling auch das Messer wieder heraus, daher floß die wässerichte Feuchtigkeit durch die Wunde die Wange herunter, und das vordere Auge fiel zusammen. Stilling nahm also die krumme Schere und brachte sie mit dem einen Schenkel glücklich in die Wunde und nun schnitte er ordentlich unten herum, den halben Zirkel, wie gewöhnlich, als er aber recht zusah, so fand er, daß er den Stern oder die Regenbogenhaut mit zerschnitten hatte; er erschrak, aber was war zu tun? – er schwieg still und seufzte. In dem Augenblick fiel die Starlinse durch die Wunde über den Backen herunter und die Frau rief in höchster Entzückung der Freude: »O Herr Doktor, ich sehe Ihr Gesicht, ich sehe Ihnen das Schwarze in den Augen.« Alles jubilierte, Stilling verband nun das Auge, und heilte sie glücklich, sie sahe mit dem Auge vortrefflich; einige Wochen nachher operierte er auch das andre Auge mit der linken Hand, jetzt ging's ordentlich, denn nun hatte er mehr Mut, er heilte auch dieses und so wurde die Frau wieder vollkommen sehend. Dieses gab nun einen Ruf, so daß mehrere Blinde kamen, die er alle der Reihe nach glücklich operierte; nur selten mißlung ihm einer. Bei allem dem war das doch sonderbar; diese wichtige Kuren trugen ihm selten etwas ein, die mehresten waren arm, denn diese operierte er umsonst, und nur selten kam jemand, der etwas bezahlen konnte, seine Umstände wurden also wenig gebessert. Sogar nahmen viele dadurch Anlaß, ihn mit Operateurs und Quacksalbern in eine Klasse zu setzen. »Gebt nur acht!« sagten sie, »bald wird er anfangen von Stadt zu Stadt zu ziehen und einen Orden anzuhängen!«

Im folgenden Herbst im September kam die Frau eines der vornehmsten und reichsten und zugleich sehr braven Kaufmannes, oder vielmehr Kapitalisten in Schönenthal zum erstenmal ins Kindbett; die Geburt war sehr schwer, die arme Kreißende hatte schon zweimal vierundzwanzig Stunden in den Wehen gelegen und sich abgearbeitet; ohne daß sich noch die geringste Hoffnung zur Entbindung zeigte. Herr Doktor Dinkler, als Hausarzt, schlug Stillingen zur Hülfe vor, er wurde also auch gerufen; dies war des Abends um

6 Uhr. Nachdem er die Sache gehörig untersucht hatte, so fand er, daß das Angesicht des Kindes oberwärts gerichtet, und daß der Kopf gegen die Durchmesser des Beckens so groß war, daß er sich nicht einmal die Zange anzulegen traute; er sahe also keinen andern Weg, als auf der Fontenelle den Kopf zu öffnen, dann ihn zusammenzudrücken und es so herauszuziehen; denn an den Kaiserschnitt war nicht zu denken, besonders da die gegründete Vermutung da war, das Kind sei schon tot. Um sich davon noch gewisser zu überzeugen, wartete er bis den Abend um neun Uhr, jetzt fand er den Kopf welk und zusammengefallen, er fühlte auch keine Spuren des Pulses mehr auf der Fontenelle, er folgte also seinem Vorsatz, öffnete den Kopf, preßte ihn zusammen und bei der ersten Wehe wurde das Kind geboren. Alles ging hernach gut vonstatten, die Frau Kindbetterin wurde bald wieder vollkommen gesund. Was dergleichen Arbeiten den empfindsamen Stilling für Herzensangst, Tränen, Mühe und Mitleiden kosteten, das läßt sich nicht beschreiben, allein er fühlte seine Pflicht, er mußte fort, wenn er gerufen wurde; er erschrak daher, daß ihm das Herz pochte, wenn man des Nachts an seiner Tür klopfte, und dieses hat sich so fest in seine Nerven verwebt, daß er noch auf die heutige Stunde zusammenfährt, wenn des Nachts an seiner Tür geklopft wird, ob er gleich gewiß weiß, daß man ihn nicht mehr zu Kindbetterinnen ruft.

Dieser Vorfall erweckte ihm zum erstenmal bei allen Schönenthalern Hochachtung, jetzt sahe er freundliche Gesichter in Menge, aber es währte nicht lange, denn etwa drei Wochen hernach kam ein Reskript vom Medizinalkollegium zu Rüsselstein, in welchem ihm befohlen wurde, sich vor der Hand aller Geburtshülfe zu enthalten und sich vor dem Kollegium zum Examen in diesem Fach zu melden. Stilling stand wie vom Donner gerührt, er begriff von dem allem kein Wort, bis er endlich erfuhr, daß jemand seine Geburtshülfe bei obiger Kindbetterin in einem sehr nachteiligen Lichte berichtet habe.

Er machte sich also auf den Weg nach Rüsselstein, wo er bei seinem Freund Vollkraft, seinem edlen Weibe, die wenige ihresgleichen hatte, und bei seinen vortrefflichen Geschwistern einkehrte; diese Erquickung war ihm bei seinen traurigen Umständen auch nötig. Nun verfügte er sich zu einem von den Medizinalräten, der ihn sehr höhnisch mit den Worten empfing: »Ich höre, Sie stechen auch den Leuten die Augen aus?«»Nein«, antwortete Stilling, »aber ich habe verschiedene glücklich am Star operiert.«

»Das ist nicht wahr«, sagte der Rat trotzig; »Sie lügen das!« »Nein«, versetzte Stilling, mit Feuer und Glut in den Augen, »ich lüge nicht, ich kann Zeugen auftreten lassen, die das unwidersprechlich beweisen; überdas kenne ich den Respekt, den ich Ihnen als einem meiner Vorgesetzten schuldig bin, sonst würde ich Ihnen in dem nämlichen Ton antworten. Eine graduierte Person, die allenthalben ihre Pflicht zu erfüllen sucht, verdient auch von ihrer Obrigkeit Achtung.« Der Medizinalrat lachte ihm unter die Augen und sagte: »Heißt das seine Pflichten erfüllen, wenn man Kinder umbringt!«

Jetzt ward es Stillingen dunkel vor den Augen, er wurde blaß, trat näher und versetzte, »Herr! – sagen Sie das nicht noch einmal –« damit aber fühlte er seine ganze Lage und seine Abhängigkeit von diesem schrecklichen Manne, er sank also zurück auf einen Stuhl, und weinte wie ein Kind; dies diente nun zu weiter nichts, als daß er desto mehr gehöhnt wurde; er stund also auf und ging fort. Damit man nun im Vollkraftschen Hause seinen Kummer nicht zu sehr merken möchte, so spazierte er eine Weile auf dem Wall herum, dann ging er ins Haus, und schien munterer, als er war. Die Ursache, warum er Herrn Vollkraft nicht alles sagte und klagte, lag in seiner Natur, denn so offenherzig er in allen Glücksfällen war, so sehr verschwieg er alles, was er zu leiden hatte. Der Grund dazu war ein hoher Grad von Selbstliebe und Schonung seiner Freunde. Gewissen Leuten aber, die von dergleichen Führungen Erfahrung hatten, konnte er alles sagen, alles entdecken; diese Erscheinung hatte aber noch einen tiefern Grund, den er erst lange nachher bemerkt hat: vernünftige, scharfsichtige Leute konnten nicht so gerade alles, wie er, für göttliche Führung halten; daran zweifelte niemand, daß ihn die Vorsehung besonders und zu großen Zwecken führe; ob aber nicht auch bei seiner Heirat, bei allerhand Schicksalen und Bestimmungen viel Menschliches mit untergelaufen sei? das war eine andre Frage, die jeder philosophische Kopf mit einem lauten Ja beantwortete; das konnte nun Stilling damals durchaus nicht ertragen, er glaubte es besser zu wissen, und eigentlich darum schwieg er. Der Verfolg dieser Geschichte wird's zeigen, inwiefern jene Leute Recht oder Unrecht hatten. Doch ich lenke wieder ein auf meinem Wege.

Das Medizinalkollegium setzte nun die Termine zum Examen in der Geburtshülfe und zur Entscheidung wegen der Entbindung jener Schönenthaler Frauen an. Im Examen wurden ihm die verfänglichsten Fragen vorgelegt, er bestand aber dem allen ungeachtet wohl, nun wurde auch die Maschine mit der Puppe gebracht, diese sollte er nun herausziehen, aber sie wurde hinter der Gardine festgehalten, so, daß es unmöglich war sie zu bekommen; Stilling sagte das laut, aber er wurde ausgelacht und so bestand er nicht im Examen. Es wurde also dekretiert: er sei zwar in der Theorie ziemlich, aber in der Praxis gar nicht bestanden, es wurde ihm also nur in den höchsten Notfällen gestattet, den Gebärenden Hülfe zu leisten. –

Bei allen diesen verdrießlichen Vorfällen mußte doch Stilling laut lachen, als er das las; und das ganze Publikum lachte mit: man verbot einem für ungeschickt erklärten Manne die Geburtshülfe; nahm aber doch die allergefährlichsten Fälle davon aus, in diesem erlaubte man dem ungeschickten den Beistand. In Ansehung des Entbindungsfalls aber erklärte man Stillingen für den Ursacher des Todes des Kindes, doch verschonte man ihn mit der Bestrafung. Viel Gnade für den armen Doktor – ungestraft morden zu dürfen!

Indessen kränkte ihn doch dieses Dekret tief in der Seele, und er ritt also fort, noch desselben Nachmittags nach Duisburg, um den ganzen Vorfall der medizinischen Fakultät, welcher damals der verehrungwürdige Leidenfrost als Dekanus vorstand, vorzulegen. Hier wurde er für vollkommen unschuldig erklärt, und er erhielt ein Responsum, das seine Ehre gänzlich wiederherstellte; dieses Responsum publizierte der Mann der entbundenen Frau auf dem Schönenthaler Rathause selbst. Indessen fiel doch der Wert dieser Kur durch den ganzen Hergang um vieles, und Stillings Feinde nahmen daher Anlaß wieder recht zu lästern.

Stillings glückliche Starkuren hatten indessen viel Aufsehen verursacht, und ein gewisser Freund ließ sogar in der Frankfurter Zeitung eine Nachricht davon einrücken. Nun war aber auf der Universität zu Marburg ein sehr rechtschaffener und geschickter Lehrer der Rechtsgelehrsamkeit, der Herr Professor Sorber, welcher schon drei Jahre am grauen Star blind war; diesem wurde die Zeitungsnachricht vorgelesen; in dem Augenblick empfand er den Trieb bei sich, die weite Reise nach Schönenthal zu machen, um sich von Stilling operieren und kurieren zu lassen. Er kam also im Jahre 1774 am Ende des Aprils mit seiner Eheliebsten und zweien Töchtern an, und Stilling operierte ihn im Anfang des Mais glücklich; auch ging die Kur dergestalt vonstatten, daß der Patient sein Gesicht vollkommen wiederbekam und noch bis heute sein Lehramt rühmlich vorstehet. Während der Zeit kam Christine zum zweitenmal ins Kindbett und sie gebar einen Sohn; außer den schrecklichen Zufällen bei dem Milchfieber ging alles glücklich vonstatten.

Nun lag Stillingen noch eins am Herzen: er wünschte seinen Vater nach so langer Zeit einmal wiederzusehen; als Doktor hatte er ihn noch nicht gesprochen und seine Gattin kannte ihn noch gar nicht. Nun lud er den würdigen Mann zwar öfters ein, Wilhelm hatte auch oft versprochen zu kommen, allein es verschob sich immer, und so wurde nichts draus. Jetzt aber versuchte Stilling das äußerste: er schrieb nämlich, daß er ihn an einem bestimmten Tage den halben Weg bis Meinerzhagen entgegenreiten und ihn dort abholen wolle. Dies tat Würkung; Wilhelm Stilling machte sich also zu rechter Zeit auf den Weg, und so trafen sie beide in dem bestimmten Gasthause zu Meinerzhagen an; sie wankten sich zur Umarmung entgegen, und die Gefühle lassen sich nicht aussprechen, welche beiden das Herz bestürmten. Mit einzelnen Tönen gab Wilhelm seine Freude, daß sein und Dortchens Sohn nun das Ziel seiner Bestimmung erreicht habe, zu erkennen; er weinte und lachte wechselsweise, und sein Sohn hütete sich wohl, nur das geringste von seinen schweren Leiden, seinen zweifelhaften Glücksumständen und den Schwierigkeiten in seinem Beruf zu entdecken; denn dadurch würde er seinem Vater die ganze Freude verdorben haben. Indessen fühlte er seinen Kummer um desto stärker, es kränkte ihn, nicht so glücklich zu sein, als ihn sein Vater schätzte, und er zweifelte auch, daß er's je werden würde; denn er hielt sich immer für einen Mann, der von Gott zur Arzeneikunde bestimmt sei, mithin bei diesem Beruf bleiben müsse, ungeachtet er anfing, Mißvergnügen daran zu haben, weil er auf einer Seite so wenig Grund und Boden in dieser Wissenschaft fand, und dann, weil sie ihn, wenn er als ein ehrlicher Mann zu Werk gehen wollte, nicht nährte, geschweige das Glück seiner Familie gründete.

Des andern Morgens setzte er seinen Vater aufs Pferd, er machte den Fußgänger nebenher auf dem Pfade, und so wallfahrteten sie an diesem Tage unter den erquickendsten Gesprächen neun Stunden weit bis Rosenheim, wo er seinen Vater seiner Christinen gesamten Familie vorstellte. Wilhelm wurde so empfangen, wie er's verdiente, er schüttelte jedem die Hand, und sein redliches charakteristisches Stillings-Gesicht erweckte allenthalben Ehrfurcht. Jetzt ließ der Doktor seinen Vater zu Fuß vorauswandern, einer seiner Schwäger begleitete ihn, er aber blieb noch einige Minuten, um seinen Empfindungen im Schoß der Friedenbergischen Familie freien Lauf zu lassen, er weinte laut, lobte Gott und eilte nun seinem Vater nach. Noch nie hatte er den Weg von Rosenheim nach Schönenthal mit solcher Herzenswonne gegangen, wie jetzt, und Wilhelm war ebenfalls in seinem Gott vergnügt.

Beim Eintritt ins Haus flog Christine dem ehrlichen Mann die Treppe herab entgegen, und fiel ihm mit Tränen um den Hals, solche Auftritte muß man sehen, und die gehörigen Empfindungsorganen haben, um sie in aller ihrer Stärke fühlen zu können.

Wilhelm blieb acht Tage bei seinen Kindern, und Stilling begleitete ihn wieder bis Meinerzhagen, von wannen dann jeder in Frieden seinen Weg zog.

Einige Wochen nachher wurde Stilling einsmals des Morgens früh in einen Gasthof gerufen, man sagte ihm, es sei ein fremder Patient da, der ihn gern sprechen möchte; er zog sich also an, und ging hin; man führte ihn ins Schlafzimmer des Fremden. Hier fand er nun den Kranken mit einem dicken Tuch um den Hals, und den Kopf in Tücher verhüllt; der Fremde streckte die Hand aus dem Bett, und sagte mit schwacher und dumpfer Stimme: »Herr Doktor! fühlen Sie mir einmal den Puls, ich bin gar krank und schwach«; Stilling fühlte und fand den Puls sehr regelmäßig und gesund; er erklärte sich also auch so, und erwiderte: »Ich finde gar nichts Krankes, der Puls geht ordentlich«; sowie er das sagte, hing ihm Goethe am Hals. Stillings Freude war unbeschreiblich; er führte ihn alsofort in sein Haus, auch Christine war froh, diesen Freund zu sehen, und rüstete sich zum Mittagsessen. Nun führte er Goethe hinaus auf einen Hügel, um ihm die schöne Aussicht über die Stadt und das Tal hinauf zu zeigen.

Gerade zu dieser Zeit waren die Gebrüder Vollkraft wieder auf Komission da; sie hatten einen Freund bei sich, der sich durch schöne Schriften sehr berühmt gemacht hat, den aber Stilling, wegen seiner satirischen und juvenalischen Geißel, nicht leiden mochte, er besuchte also jetzt seine Freunde wenig, denn Juvenal (so will ich den Mann einstweilen nennen) neckte ihn immer wegen seiner Anhänglichkeit an die Religion. Während der Zeit, daß Stilling mit Goethe spazierenging, kam der Herr Hofkammerrat Vollkraft zu Pferde an Stillings Tür gesprengt, und rief der Magd zu, sie sollte ihren Herrn sagen, er sei plötzlich nach Rüsselstein abgereist, weil Goethe dort wäre; Christine war gerade nicht bei der Hand, um ihn von der Lage der Sache zu benachrichtigen, Vollkraft trabte also eiligst fort. Sowie Goethe und Stilling nach Haus kamen, und ihnen die Magd den Vorfall erzählte, so bedauerten sie beide den Irrtum; indessen war's nun nicht zu ändern.

Goethens Veranlassung zu dieser Reise war eigentlich folgende: Lavater besuchte das Emserbad und von da machte er eine Reise nach Mühlheim am Rhein, um dort einen Freund zu besuchen; Goethe war ihm bis Ems gefolgt, und um allerhand Merkwürdigkeiten und berühmte Männer zu sehen, hatte er ihn bis Mühlheim begleitet; hier ließ nun Goethe Lavater zurück und machte einen Streifzug über Rüsselstein nach Schönenthal, um auch seinen alten Freund Stilling heimzusuchen; zugleich aber hatte er Lavatern versprochen, auf eine bestimmte Zeit wieder nach Mühlheim zu kommen, und mit ihm zurückzureisen. Während Goethens Abwesenheit aber bekommt Lavater Veranlassung, auch nach Rüsselstein und von da nach Schönenthal zu gehen, von dem allen aber wußte Goethe kein Wort. Als er daher mit Stilling zu Mittag gegessen hatte, machte er sich mit obigem Juvenal zu Pferde wieder auf den Weg nach Rüsselstein, um dort Vollkraften anzutreffen. Kaum waren beide fort, so kam Lavater in Begleitung Vollkrafts, des bekannten Hasenkamps, von Duisburg, und des höchst merkwürdigen, frommen und gelehrten Doktor Collenbuschs die Gasse hereingefahren. Dies wurde Stillingen angezeigt, er floh also den beiden Reutern nach und brachte sie wieder zurück.

Lavater und seine Begleiter waren mittlerweile bei einem bekannten und die Religion liebenden Kaufmann eingekehrt; Stilling, Goethe und Juvenal eilten also auch dahin. Niemals hat sich wohl eine seltsamer gemischte Gesellschaft beisammen gefunden, als jetzt um den großen ovalrunden Tisch her, der zugleich auf Schönenthaler Art mit Speisen besetzt war. Es ist der Mühe wert, daß ich diese Gäste nur aus dem Groben zeichne.

Lavaters Ruf der praktischen Gottseligkeit hatte unter andern einen alten Ter-Steegianer herbeigelockt; dieser war ein in aller Rücksicht verehrungswürdiger Mann, der nach den Grundsätzen der reinen Mystik, unverheiratet, äußerst heikel in der Wahl des Umgangs, sehr freundlich, ernst, voll sanfter Züge im Gesicht, ruhig im Blick, und übrigens in allen seinen Reden behutsam war; er wog alle seine Worte auf der Goldwaage ab, kurz, er war ein herrlicher Mann, wenn ich nur das einzige Eigensinnige ausnehme, das alle dergleichen Leute so leicht annehmen, indem sie intolerant gegen alle sind, die nicht so denken wie sie! dieser ehrwürdige Mann saß mit seinem runden lebhaften Gesicht, runden Stutzperücke, braunen Rock und schwarzen Unterkleidern oben an; mit einer Art von freundlicher Unruh' schauete er um sich, sagte auch wohl zuweilen heimliche Ermahnungsworte, denn er witterte Geister von ganz andern Gesinnungen.

Neben diesem saß der Hofkammerrat Vollkraft, ein feiner Weltmann, wie es wenige gibt, im Reisehabit, doch nach der Mode gekleidet; sein lebhaftes Naturell sprühte Funken des Witzes und sein hochrektifiziertes philosophisches Gefühl, urteilte immer nach dem Zünglein in der Waage des Wohlstandes, des Lichts und des Rechts.

Auf diesen folgte sein Bruder der Dichter: von seinem ganzen Dasein strömte sanfte gefällige Empfindung und Wohlwollen gegen Gott und Menschen, sie mochten nun übrigens denken und glauben was sie wollten, wenn sie nur gut und brav waren; sein grauer Flockenhut lag hinter ihm im Fenster und der Körper war mit einem bunten Sommerfrack bekleidet.

Dann saß der Hauswirt neben diesem; er hatte eine pechschwarze Perücke mit einem Haarbeutel auf dem Kopfe; und einen braunen zitzenen Schlafrock an, der mit einer grünen seidenen Schärpe umgürtet war, seine große hervorragenden Augen starrten unter der hohen und breiten Stirne hervor, sein Kinn war spitzig, überhaupt das Gesicht dreieckicht und hager, aber voller Züge des Verstandes, er horchte lieber, als daß er redete, und wenn er sprach, so war alles vorher in seiner Gehirnkammer wohl abgeschlossen und dekretiert worden; seiner Taubeneinfalt fehlte es an Schlangenklugheit wahrlich nicht.

Jetzt kam nun die Reihe an Lavater; sein Evangelisten-Johannes-Gesicht riß alle Herzen mit Gewalt zur Ehrfurcht und Liebe an sich, und sein munterer gefälliger Witz, verpaart mit einer lebhaften und unterhaltenden Laune, machte sich alle Anwesende, die sich nicht durch Witz und Laune zu versündigen glaubten, ganz zu eigen. Indessen waren unter der Hand seine physiognomische Fühlhörner, denen es hier an Stoff nicht fehlte, immer geschäftig; er hatte einen geschickten Zeichenmeister bei sich, der auch seine Hände nicht in den Schoß legte.

Neben Lavater saß Hasenkamp, ein vierzigjähriger etwas gebückter, hagerer, hektischer Mann, mit einem länglichten Gesicht, merkwürdiger Physiognomie, und überhaupt Ehrfurcht erweckenden Ansehen; jedes Wort war ein Nachdenken und Wohlgefallen erregendes Paradoxon, selten mit dem System übereinstimmend; sein Geist suchte allenthalben Luft und ängstete sich in seiner Hülle nach Wahrheit, bis er sie bald zersprengte und mit einem lauten Halleluja zur Urquelle des Lichts und der Wahrheit emporflog; seine einzelnen Schriften machen Orthodoxe und Heterodoxe den Kopf schütteln, aber man muß ihn gekannt haben; er schritte, mit dem Perspektiv in der Hand, beständig im Lande der Schatten hin und her, und schaute hinüber in die Gegend der Lichtsgefilde; was Wunder, wenn die blendende Strahlen ihm zuweilen das Auge trübten!

Auf ihn folgte Collenbusch, ein theologischer Arzt oder medizinischer Gottesgelehrter; sein Angesicht war so auffallend, wie je eins sein kann – ein Gesicht, das Lavaters ganzes System erschütterte; es enthielt nichts Widriges, nichts Böses, aber auch von allem nichts, auf welches er Seelengröße baute; indessen strahlte aus seinen durch die Kinderblattern verstellten Zügen eine geheime stille Majestät hervor, die man nur erst nach und nach im Umgang entdeckte; seine mit dem schwarzen und grauen Star kämpfende Augen und sein immer offener zwo Reihen schöner weißer Zähne zeigender Mund schienen die Wahrheit, Weltträume weit herbeiziehen zu wollen, und seine höchst gefällige einnehmende Sprache, verbunden mit einem hohen Grad der Artigkeit und Bescheidenheit, fesselten jedes Herz, das sich ihm näherte.

Jetzt folgte in der Reihe mein Juvenal: man denke sich ein kleines junges rundköpfichtes Männchen, den Kopf etwas nach einer Schulter geneigt, mit schalkhaften hellen Augen, und immer lächelnder Miene; er sprach nichts, sondern beobachtete nur: seine ganze Atmosphäre war Kraft der Undurchdringbarkeit, die alles zurückhielt, was sich ihm nähern wollte.

Denn saß neben ihm ein junger edler Schönenthaler Kaufmann, ein Freund von Stilling, ein Mann voller Religion ohne Pietismus, glühend von Wahrheitshunger, ein Mann, wie es wenige gibt.

Nun folgte Stilling, er saß da, mit tiefem geheimen Kummer auf der Stirn, den jetzt die Umstände erhellten, er sprach hin und her, und suchte jedem sein Herz zu zeigen, wie es war.

Dann schlossen noch einige unbedeutende bloß die Lücke ausfüllende Gesichter den Kreis. Goethe aber konnte nicht sitzen, er tanzte um den Tisch her, machte Gesichter und zeigte allenthalben, nach seiner Art, wie königlich ihn der Zirkel von Menschen gaudierte. Die Schönenthaler glaubten, Gott sei bei uns! der Mensch müsse nicht recht klug sein; Stilling aber und andre, die ihn und sein Wesen besser kannten, meinten oft für Lachen zu bersten, wenn ihm einer mit starren und gleichsam bemitleidenden Augen ansah, und er dann mit großem hellem Blick ihn darniederschoß.

Diese Szene währte ziemlich tumultuarisch, kaum eine halbe Stunde, als Lavater, Hasenkamp, Collenbusch, der junge Kaufmann, und Stilling zusammen aufbrachen, und in der heiter strahlenden Abendsonne das paradiesische Tal hinaufwanderten, um den oben berührten vortrefflichen Theodor Müller zu besuchen.

Dieser Spaziergang ist Stillingen unvergeßlich, Lavater lernte ihn und er Lavatern kennen, sie redeten viel zusammen und gewannen sich lieb. Vor dem Dorfe, in welchem Müller wohnte, kehrte Stilling mit seinem Freunde wieder um und nach Schönenthal zurück, während der Zeit waren Goethe und Juvenal nach Rüsselstein verreist, des andern Morgens kam Lavater wieder, er besuchte Stilling, ließ ihn für seine Physiognomik zeichnen, und reiste dann wieder fort.

Dieser merkwürdige Zeitpunkt in Stillings Leben mußte umständlich berührt werden; er änderte zwar nichts in seinen Umständen, aber er legte den Grund zu allerhand wichtigen Lenkungen seiner künftigen Schicksale. Noch eins habe ich vergessen zu bemerken. Goethe nahm den Aufsatz von Stillings Lebensgeschichte mit, um ihn zu Hause mit Muße lesen zu können: wir werden an seinem Ort finden, wie vortrefflich dieser geringscheinende Zufall, und also Goethens Besuch, von der Vorsehung benutzt worden.

Im Herbst dieses 1774sten Jahres brachte ein Kaufmann aus Schönenthal einen blinden Kaufmann, namens Bauch, von Sonneburg in Sachsen, aus der Frankfurter Messe mit, in der Hoffnung, Stilling würde ihn kurieren können. Stilling besah ihn, seine Pupillen waren weit, aber doch noch etwas beweglich, der Anfang des grauen Stars war zwar da, allein der Patient war für diese geringe Verdunklung doch zu blind, als daß sie bloß davon herrühren konnte; er sahe also wohl, daß der anfangende schwarze Star die Hauptursache des Übels sei; das alles sagte er auch, allein seine Freunde rieten ihm alle, er möchte demungeachtet die Staroperation versuchen, besonders auch darum, weil der Patient doch unheilbar sei, und also durch die Operation nichts verlöre, im Gegenteil sei es Pflicht, alles zu versuchen. Stilling ließ sich also bewegen, denn der Patient verlangte selbst nach dem Versuch, und äußerte sich, dies letzte Mittel müsse auch noch gewagt werden, er wurde also glücklich operiert und in die Kur genommen.

Dieser Schritt war sehr unüberlegt, und Stilling fand Gelegenheit genug, ihn zu bereuen, die Kur mißlung, die Augen wurden entzündet, eiterten stark, und das Gesicht war nicht nur unwiederbringlich verloren, sondern die Augen bekamen auch nun noch ein häßliches Ansehen. Stilling weinte in der Einsamkeit auf seinem Angesicht, und betete für diesen Mann um Hülfe zu Gott, aber er wurde nicht erhört. Dazu kamen noch andre Umstände: Bauch erfuhr, daß Stilling bedürftig war, er fing also an zu glauben, er habe ihn bloß operiert, um Geld zu verdienen, nun war zwar sein Hauswirt, der Kaufmann, der ihn mitgebracht hatte, ein edler Mann und Stillings Freund, der ihm diese Zweifel auszureden suchte, allein es besuchten auch andre den Patienten, die ihm Verdacht genug von Stillings Armut, Mangel an Kenntnissen, und eingeschränktem Kopf, in die Ohren bliesen; Bauch reiste also unglücklich, voller Verdruß und Mißtrauen in Stillings Redlichkeit und Kenntnisse, nach Frankfurt zurück, wo er sich noch einige Wochen aufhielt, um noch andere Versuche mit seinen Augen zu machen, und dann wieder nach Hause zu reisen.

Während der Zeit hörte ein sehr edler rechtschaffener Frankfurter Patrizier, der Herr Oberhofmeister von Leesner, wie glücklich der Herr Professor Sorber zu Marburg von Stilling sei kuriert worden; nun war er selbst seit einigen Jahren starblind, er schrieb also an

Sorbern, um gehörige Kundschaft einzuziehen, und er bekam die befriedigendste Antwort: der Herr von Leesner ließ also seine Augen von verschiedenen Ärzten besehen, und als alle darin übereinstimmten, daß er einen heilbaren grauen Star habe, so übertrug er seinen Hausarzt, dem rechtschaffenen und edeldenkenden Herrn Doktor Hofmann, die Sache, um mit Stillingen darüber Briefe zu wechseln, und ihn zu bewegen, nach Frankfurt zu kommen, weil er, als ein alter blinder und schwächlicher Mann, sich nicht die weite Reise zu machen getraute; Leesner versprach Stillingen tausend Gulden zu zahlen, die Kur möchte gelingen, oder nicht; diese tausend Gulden strahlten ihm bei seiner kümmerlichen Verfassung gewaltig in die Augen, und Christine, so unerträglich ihr auch die Abwesenheit ihres Mannes vorkam, riet ihm doch sehr ernstlich, diese Gründung seines Glücks nicht zu versäumen, auch die Friedenbergische Familie und alle seine Freunde rieten ihm dazu. Nur der einzige Theodor Müller war ganz und gar nicht damit zufrieden; er sagte: »Freund, es wird Sie reuen und die tausend Gulden werden Ihnen teuer zu stehen kommen, ich ahnde traurige Schicksale, bleiben Sie hier, wer nicht zu Ihnen kommen will, der mag wegbleiben, Leesner hat Geld und Zeit, er wird kommen, wenn er sieht, daß Sie die Reise nicht machen wollen.« – Allein alle Ermahnungen halfen nicht, Stillings ehmaliger Trieb, der Vorsehung vorzulaufen, gewann auch jetzt die Oberhand, er beschloß also, nach Frankfurt zu reisen, und sagte daher dem Herrn von Leesner zu.

Jetzt träumte sich nun Stilling eine glückliche Zukunft und das Ende seiner Leiden: mit den tausend Gulden glaubte er die dringendsten Schulden bezahlen zu können, und dann sahe er wohl ein, daß eine glückliche Kur an einem solchen Manne großes Aufsehen erregen, und ihm einen gewaltigen und einträglichen Zulauf in der Nähe und Ferne zuwege bringen würde. Indessen schien Bauch, der sich noch in Frankfurt aufhielt, die ganze Sache wieder vernichten zu wollen; denn sobald er hörte, daß sich Leesner Stillings Kur anvertrauen wollte, so warnte er ihn angelegentlich und setzte Stilling, wegen seiner Dürftigkeit und geringen Kenntnisse, so sehr herab, als er konnte, indessen half das alles nichts. Leesner blieb bei seinem Vorsatz. Bauchs Verfahren konnte ihm im Grunde niemand verdenken, denn er kannte Stillingen nicht anders, und seine Meinung, Leesnern für Unglück zu warnen, war nicht unedel.

Goethe, der sich noch immer bei seinen Eltern in Frankfurt aufhielt, freuete sich innig, seinen Freund Stilling auf einige Zeit bei sich zu haben; seine Eltern boten ihm während seines Aufenthalts ihren Tisch an, und mieteten ihm in ihrer Nachbarschaft ein hübsches Zimmer; dann ließ auch Goethe eine Nachricht in die Zeitung rücken, um damit mehrere Notleidende herbeizulocken. Und so wurde nun die ganze Sache reguliert und beschlossen. Stillings wenige Freunde freuten sich und hofften, andre sorgten, und die mehrsten wünschten, daß er doch zuschanden werden möchte.

Im Anfang des 1775sten Jahres, in der ersten Woche des Januars, setzte sich also Stilling auf ein Lehnpferd, nahm einen Boten mit sich, und ritt an einem Nachmittag in dem schrecklichen Regenwetter noch bis Waldstätt, hier blieb er über Nacht, den andern Tag schien der Himmel eine neue Sündflut über die Erde führen zu wollen, alle Wasser und Bäche schwollen ungeheuer an, und Stilling geriet mehr als einmal in die äußerste Lebensgefahr, doch kam er glücklich nach Meinerzhagen, wo er übernachtete; des andern Morgens machte er sich wieder auf den Weg; der Himmel war nun ziemlich heiter, große Wolken flogen über seinem Haupte hin, doch schoß die Sonne auch zuweilen aus ihrem Laufe milde Strahlen in sein Angesicht; sonst ruhte die ganze Natur, alle Wälder und Gebüsche waren entblättert, eisgrau, Felder und Wiesen halb grün, Bäche rauschten, der Sturmwind sauste aus Westen, und kein einziger Vogel belebte die Szene.

Gegen Mittag kam er an ein einziges Wirtshaus, in einem schönen ziemlich breiten Tale, welches im Rosenthal genannt wird; hier sahe er nun, als er die Höhe herabritt, mit Erstaunen und Schrecken, daß der starke, mit einer gewölbten Brücke versehene, Bach von einem Berg zum andern, das ganze Tal überschwemmte; er glaubte den Rheinstrom vor sich zu sehen, außer daß hie und da ein Strauch hervorguckte. Stilling und sein Begleiter klagten sich wechselsweise ihren Kummer; auch hatte er seiner Christinen versprochen, von Leindorf aus, wo sein Vater wohnte, zu schreiben, denn sein Weg führte ihn gerade durch sein Vaterland. Nun wußte er, daß Christine am bestimmten Tage Briefe erwartete, von hier aus gab's keine Gelegenheit zu Versendung derselben, er mußte also fort, oder besorgen, daß sie aus Angst Zufälle bekommen und wieder gefährlich krank werden würde.

In dieser Verlegenheit bemerkte er, daß der Plankenzaun, welcher unter der Straße her bis an die Brücke ging, noch immer einen Schuh hoch über das Wasser emporragte; dies machte ihm Mut; er beschloß also, seinen Kerl hinter sich aufs Pferd zu nehmen und längs den Zaun auf die Brücke zuzureiten.

Im Wirtshause wurde Mittag gehalten; hier traf er eine Menge Fuhrleute an, welche das Fallen des Wassers erwarteten, und ihm alle rieten, sich nicht zu wagen; allein das half nicht; sein rastloser und immer fortstrebender Geist war nicht zum Warten gestimmt, wo das Würken oder Ruhen bloß auf ihn ankam, er nahm also den Bedienten hinter sich aufs Pferd, setzte in die Fluten und kämpfte sich glücklich durch.

Nach ein paar Stunden war Stilling auf der Höhe, von welcher er die Gebirge und Fluren seines Vaterlandes vor sich sahe. Dort lag der hohe Kindelsberg südostwärts vor ihm, ostwärts, am Fuß desselben, sahe er die Lichthäuser Schornsteine rauchen, und er entdeckte bald unter denselben, welcher seinem Oheim Johann Stilling zugehörte; ein süßer Schauer durchzitterte alle seine Glieder, und alle Jugendszenen gingen seiner Seele vorüber; sie deuchten ihm goldne Zeiten zu sein. Was hab ich denn nun errungen? dachte er bei sich selbst – nichts anders, als ein glänzendes Elend! – ich bin nun freilich ein Mann geworden, der an Ehre und Ansehen alle seine Vorfahren übertrifft, allein was hilft mich das alles, es hängt ein spitziges Schwert an einem seidenen Faden über meinem Haupte, es darf nur fallen, so verschwindet alles, wie eine Seifenblase! meine Schulden werden immer größer und ich muß mich fürchten, daß meine Kreditoren zugreifen, mir das wenige, was ich habe, nehmen, mich dann nackend auf die Straße setzen, und dann habe ich ein zärtliches Weib, die das nicht erträgt, und zwei Kinder, die nach Brot lallen; Gott, der Gedanke war schrecklich! er marterte den armen Stilling jahrelang unaufhörlich, so, daß er keinen frohen Augenblick haben konnte. Endlich ermannt er sich wieder, seine große Erfahrung von Gottes Vatertreue, und dann die wichtigen Hoffnungen über den Erfolg seiner jetzigen Reise, ermunterten ihn wieder, so daß er froh und heiter ins Dorf Lichthausen hineintrabte.

Er ritte zuerst an das Haus des Schwiegersohns des Johann Stillings, welcher ein Gasthalter war, und also Stallung hatte; hier wurde er von seiner Jugendfreundin und ihrem Manne mit lautem Jubel empfangen; dann wanderte er mit zitternder Freude und klopfendem Herzen zu seines Oheims Haus. Das Gerücht seiner Ankunft war schon durchs ganze Dorf erschollen, alle Fenster staken voller Köpfe, und sowie er die Haustür aufmachte, schritten ihm die beiden Brüder Johann und Wilhelm entgegen; er umarmte einen nach dem andern, weinte an ihrem Halse und die beiden Grauköpfe weinten auch die hellen Tränen. »Gesegnet sein Sie mir!« fing der wahrhaft große Mann, Johann Stilling an; »Gesegnet sein Sie mir, lieber, lieber Herr Vetter! unsere Freude ist überschwenglich groß, daß wir Sie am Ziel Ihrer Wünsche sehen; mit Ruhm sind Sie hinaufgestiegen, auf die Stufe der Ehre, Sie sind uns allen entflogen! Sie sind der Stolz unsrer Familie usw.« Stilling antwortete weiter nichts, als: es ist ganz und allein Gottes Werk, er hat's getan; gern hätte er noch hinzugesetzt: und dann bin ich nicht glücklich, ich stehe am Rande des Abgrunds; allein er behielt seinen Kummer für sich und ging ohne weitere Umstände in die Stube.

Hier fand er nun alle Bänke und Stühle mit Nachbarn und Bauern aus dem Dorfe besetzt, und die mehresten stunden gedrängt ineinander; alle hatten Stilling als Knabe gekannt; sowie er hineintrat, waren alle Kappen und Hüte unter den Armen, alles war stille, und jeder sahe ihn mit Ehrfurcht an. Stilling stand und schauete umher; mit Tränen in den Augen, und mit gebrochener Stimme sagte er: »Willkommen, willkommen! Ihr lieben Männer und Freunde! Gott segne einen jeden unter Euch! – bedeckt alle Eure Häupter, oder ich gehe auf der Stelle wieder hinaus; was ich bin, ist Gottes Werk, Ihm allein die Ehre!« – Nun entstand ein Freudengemurmel, alles wunderte sich und segnete ihn. Die beiden Alten, und der Doktor setzten sich unter die guten Leute, und alle Augen waren auf sein Betragen, und alle Ohren auf seine Worte gerichtet. Was Vater Stillings Söhne jetzt empfanden, ist unaussprechlich.

Wie kam's doch, daß aus dem Doktor Stilling soviel Werks gemacht wurde, und was war die Ursache, daß man über seine in jedem Betracht noch mittelmäßige Erhöhung zum Doktor der Arzeneikunde so sehr erstaunte? Es gab in seinem Vaterlande mehrere Bauernsöhne, die gelehrte und würdige Männer geworden waren, und doch krähete kein Hahn darnach? Wenn man die Sache in ihrer wahren Lage betrachtet, so war sie ganz natürlich: Stilling war noch vor neun bis zehn Jahren Schulmeister unter ihnen gewesen; man hatte ihn allgemein für einen unglücklichen Menschen, und mitunter für einen hoffnungslosen armen Jüngling angesehen; denn war er als ein armer verlassener Handwerksbursche fortgereist, seine Schicksale in der Fremde hatte er seinem Oheim und Vater geschrieben, das Gerüchte hatte alles natürlich bis zum Wunderbaren, und das Wunderbare bis zum Wunderwerk erhöht, und daher kam's, daß man ihn als eine Seltenheit zu sehen suchte. Er selbst aber demütigte sich innig vor Gott, er kannte seine Lage und Umstände besser, und bedauerte, daß man so viel aus ihm machte; indessen tat's ihm doch auch wohl, daß man ihn hier nicht verkannte, wie das in Schönenthal sein tägliches Schicksal war.

Des andern Morgens machte er sich mit seinem Vater nach Leindorf auf den Weg. Johann Stilling gab seinem Bruder Wilhelm sein eigenes Reitpferd, und er ging zu Fuß nebenher, er wollte es nicht anders; vor dem Dorf erschienen schon ganze Gruppen Leindörfer Jünglinge und Männer, die ehemals seine Schüler und Freunde gewesen, und ihm eine Stunde entgegengegangen waren; sie umgaben sein Pferd und begleiteten ihn. Zu Leindorf stand alles vor dem Dorfe, auf der Wiese am Wasser, und das Willkommenrufen erscholl schon von ferne. Stille und tief gebeugt und gerührt ritte er mit seinem Vater ins Dorf hinein, Johann Stilling ging jetzt wieder zurück; in seines Vaters Haus empfing ihn seine Mutter sehr schüchtern, seine Schwestern aber umarmten ihn mit vielen Tränen der Freude. Hier strömte nun alles zusammen: Vater Stillings Töchter von Tiefenbach kamen auch mit ihren Söhnen, von allen Seiten eilten Menschen herzu, das Haus war unten und oben voll, und den ganzen Tag, und die ganze folgende Nacht war an gar keine Ruhe zu denken. Stilling ließ sich also von allen Seiten besehen, er sprach wenig, denn seine Empfindungen waren zu gewaltig, sie bestürmten immer sein Herz, daher eilte er fort: des andern Morgens setzte er sich in einem geschlossenen Kreis von hundert Menschen zu Pferde, und ritt unter dem Getöne und Geschrei eines vielfältigen und oft wiederholten Lebewohls! fort; kaum war er vor dem Dorfe, so sagte ihm der Bediente, daß sein Vater ihm nachliefe; er kehrte also um; »Ich hab ja nicht Abschied genommen, lieber Sohn«: sagte der Alte, denn faßte er ihm seine linke in beide Hände, weinte und stammelte: »Der Allmächtige segne dich!«

Nun war Stilling wieder allein, denn sein Begleiter ging seitwärts auf dem Fußpfad. Jetzt fing er laut an zu weinen, alle seine Empfindungen strömten in Tränen aus, und machten seinem Herzen Luft. So wohl ihm der allgemeine Beifall, und die Liebe seiner Verwandten, Freunde und Landsleute tat, so tief bekümmerte es ihn in der Seele, daß sich alle der Jubel bloß auf einen falschen Schein gründete. Ach ich bin ja nicht glücklich! ich bin der Mann nicht, wofür man mich hält! ich bin kein Wundermann in der Arzeneikunde! kein von Gott gemachter Arzt, denn ich kuriere selten jemand; wenn's gerät, so ist es Zufall! ich bin gerade einer von den alltäglichsten und ungeschicktesten in meinem Beruf! und was ist denn auch am Ende so Großes aus mir geworden? Doktor der Arzeneigelahrtheit bin ich, eine graduierte Person – Gut! ich bin also ein Mann vom Mittelstande! kein großes Licht, das Aufsehen macht, und verdiene also keinen solchen fürstlichen Empfang! usw. Dies waren Stillings laute und vollkommene wahre Gedanken, die immer wie Feuerflammen aus seiner Brust hervorloderten, bis er endlich die Stadt Salen erblickte, und sich nun beruhigte.

Stilling strebte jetzt nicht mehr nach Ehre, sein Stand war ihm vornehm genug, nur sein Mißfallen an seinem Beruf, sein Mangel und die Verachtung, in welcher er lebte, machten ihn unglücklich.

Zu Salen hielt sich Doktor Stilling verborgen, er speiste nur zu Mittag, und ritt nach Dillenburg, wo er des Abends ziemlich spät ankam, und bei seinem braven rechtschaffenen Vetter, Johann Stillings zweitem Sohn, der daselbst Bergmeister ist, einkehrte. Beide waren von gleichem Alter und von Jugend auf Herzensfreunde gewesen; wie er also hier empfangen wurde, das läßt sich leicht denken. Nach einen Rasttag machte er sich wieder auf den Weg, und reiste über Herborn, Wetzlar, Butzbach und Friedberg nach Frankfurt; hier kam er des Abends an, er kehrte im Goetheschen Hause ein und wurde mit der wärmsten Freundschaft aufgenommen.

Des folgenden Morgens besuchte er den Herrn von Leesner, er fand an ihm einen vortrefflichen Greis, voll gefälliger Höflichkeit, verbunden mit einer aufgeklärten Religionsgesinnung; seine Augen waren geschickt zur Operation, so daß ihm Stilling die beste Hoffnung machen konnte; der Tag, an welchem der Star ausgezogen werden sollte, wurde also festgesetzt. Jetzt machte Stilling noch einige wichtige Bekanntschaften: er besuchte den alten berühmten Doktor Burggraf, der in der ausgebreitesten und glücklichsten Praxis alt, grau und gebrechlich worden war; als dieser vortreffliche Mann Stillingen eine Weile beobachtet hatte, so sagte er: »Herr Kollege! Sie sind auf dem rechten Wege, ich hörte von Ihrem Ruf hierher, und stellte mir nun einen Mann vor, der im höchsten Modeputz mich besuchen, und wie gewöhnlich sich als Scharlatan präsentieren würde, aber nun finde ich gerade das Gegenteil: Sie sind bescheiden, erscheinen in einem modesten Kleide, und sind also ein Mann, wie der sein soll, der denen, die unter der Rute des Allmächtigen seufzen, beistehen muß. Gott segne Sie! es freut mich, daß ich am Ende meiner Tage noch Männer finde, die alle Hoffnung geben, das zu werden, was sie sein sollen.« Stilling seufzte und dachte: wollte Gott, ich wäre das, wofür mich der große Mann hält!

Dann besuchte er den Herrn Prediger Kraft; mit diesem teuren Mann stimmte seine Seele ganz überein, und es entstand eine innige Freundschaft zwischen beiden, die auch noch nach diesem Leben fortdauern wird.

Indessen rückte der Zeitpunkt der Operation heran: Stilling machte sie in der Stille, ohne jemand, außer ein paar Ärzten und Wundärzten, etwas zu sagen; diese waren denn auch alle gegenwärtig, damit er doch sachkundige Männer auf jedem Fall zu Zeugen haben möchte. Alles gelang nach Wunsch, der Patient sahe und erkannte nach der Operation jedermann: Das Gerücht erscholl durch die ganze Stadt, Freunde schrieben an auswärtige Freunde und Stilling erhielt von Schönenthal schon Glückwünschungsschreiben, noch ehe er Antwort auf die seinigen haben konnte. Der Fürst von Löwenstein-Werthheim, die Herzogin von Kurland, geborne Prinzessin von Waldeck, die sich damals in Frankfurt aufhielt, alle adlige Familien daselbst, und überhaupt alle vornehme Leute erkundigten sich nach dem Erfolg der Operation, und alle ließen jeden Morgen fragen, wie sich der Patient befände.

Nie war Stilling zufriedener, als jetzt; er sah, wie sehr diese Kur Aufsehen machen und wie vielen Ruhm, Beifall, Ansehen und Zulauf sie ihm verschaffen würde; schon wurde davon geredet, ihm mit dem Frankfurter Bürgerrecht ein Präsent zu machen und ihn dadurch hinzuziehen. In dieser Hoffnung freuete sich der gute Doktor über die Maßen, denn er dachte: hier ist mein Würkungskreis größer, die Gesinnung des Publikums weniger kleinstädtisch, als in Schönenthal; hier ist der Zulauf von Standespersonen und Fremden ununterbrochen und groß, du kannst hier etwas erwerben und so der Mann werden, der du von Jugend auf hast sein wollen.

Gerade zu dieser Zeit fanden sich noch etliche blinde Personen ein: der erste war der Herr Hofrat und Doktor Hut, Physikus in Wiesbaden, welcher in einer Nacht durch eine Verkältung an einem Auge starblind geworden war; er logierte bei seinem Bruder, dem Herrn Hofrat und Konsulenten Hut, in Frankfurt; Stilling operierte und kurierte ihn glücklich; dieser allgemein bekannte und sehr edle, redliche Mann, ward dadurch sein immerwährender Freund, besonders auch darum, weil sie einerlei Gesinnungen hatten.

Der zweite war ein jüdischer Rabbi in der Judengasse zu Frankfurt wohnhaft; er war schon lange an beiden Augen blind und ließ Stilling ersuchen, zu ihm zu kommen; dieser ging hin und fand einen Greis von achtundsechzig Jahren mit einem schneeweißen bis auf den Gürtel herabhängenden Bart. Sowie er hörte, daß der Arzt da wäre, stolperte er vom Stuhl auf, strebte ihm entgegen, und sagte: »Herr Doktor! gucke Se mer ämol in die Aage!« – dann machte er ein grinzig Gesicht, und riß beide Augen sperrweit auf; mittlerweile drängten sich eine Menge Judengesichter von allerhand Gattung herbei, und hier und da erscholl eine Stimme: »Horcht –! was wird er sagä!« Stilling besahe die Augen und erklärte, daß er ihn nächst Gott würde helfen können.

»Gotts Wunner (von allen Seiten) der Herr soll hunnert Jahr läbä!«

Nun fing der Rabbi an: »Pscht – horchen Sie ämol, Herr Doktor! aber nur a Aag! – nur ahns! – denn wenn's nu nicht geriet – nur ahns.«

»Gut!« antwortete Stilling, »ich komme übermorgen; also nur eins.«

Des andern Tages operierte Stilling im Judenhospital eine arme Frau, und den folgenden Morgen den Rabbi. An diesem Tage wurde er einsmals in des Herrn von Leesners Wohnung, herab an die

Haustüre gerufen, hier fand er einen armen Betteljuden von etwa sechzig Jahren, er war an beiden Augen stockblind und suchte also Hülfe, sein Sohn, ein feiner Jüngling von sechzehn Jahren, führte ihn. Dieser arme Mann weinte, und sagte:»Ach, lieber Herr Doktor! ich und meine Frau haben zehn lebendige Kinder, ich war ein fleißiger Mann, hab über Land und Sand gelaufen, und sie ehrlich ernährt; aber nun lieber Gott! ich bettle und alles bettelt, und Sie wissen wohl, wie das mit uns Juden ist.« Stilling wurde innig gerührt; mit Tränen in den Augen ergriff er seine beide Hände, drückte sie und sagte:»Mit Gott, sollt Ihr Euer Gesicht wieder haben!« Der Jude und sein Sohn weinten laut, sie wollten auf die Knie fallen, allein Stilling litte das nicht und fuhr fort:»Wo wollt Ihr Quartier und Aufenthalt bekommen? ich nehme nichts von Euch: aber Ihr müßt doch vierzehn Tage hierbleiben.« – »Ja lieber Gott!« antwortete er, »das wird Not haben, es wohnen so viel reiche Juden hier, aber sie nehmen keinen Fremden auf.« Stilling versetzte:»Kommt morgen um neun Uhr ins Judenspital, dort will ich mit den Vorstehern sprechen.«

Dies geschah: denn als Stilling dort die arme Frau verband, so kam der Blinde mit seinem Sohn herangestiegen, die ganze Stube war voller Juden, vornehme und geringe durcheinander. Hier trug nun der arme Blinde seine Not kläglich vor, allein er fand kein Gehör, dies hartherzige Volk hatte kein Gefühl für das große Elend seines Bruders. Stilling schwieg so lange still, bis er merkte, daß Bitten und Flehen nicht half: jetzt aber fing er an ernstlich zu reden, er verwies ihnen ihre Unbarmherzigkeit derb, und bezeugte vor dem lebendigen Gott, daß er den Rabbi und die gegenwärtige Patientin auf der Stelle verlassen, und keine Hand mehr an sie legen würde, bis der arme Mann auf vierzehn Tage ordentlich und bequem einlogieret wäre, und den gehörigen Unterhalt hätte. Das würkte; denn in weniger als zwei Stunden hatte der arme Jude in einem Wirtshause, nahe an der Judengasse, alles, was er brauchte.

Nun besuchte ihn Stilling, der Jude war zwar vergnügt, allein er bezeigte eine sehr ungewöhnliche Angst für die Operation, so daß Stilling fürchtete, sie möchte unglückliche Folgen für die Kur haben; er nahm daher andere Maßregeln und sagte:»Hört! ich will die Operation noch ein paar Tage aufschieben, morgen aber muß ich die Augen etwas reiben und aufklären, das tut nun nicht weh, hernach wollen wir sehen, wie wir's machen«: damit war der gute Mann sehr zufrieden.

Des folgenden Morgens nahm er also den Wundarzt und einige Freunde mit; der Jude war gutes Muts, setzte sich und sperrte die Augen weit auf; Stilling nahm das Messer und operierte ihm ein Auge, sowie die Starlinse heraus war, rief der Jude: »Ich glaab der Herr hat mich keopperiert? – O Gott! ich seh, ich seh alles! – Joel! Joel! (so hieß sein Sohn) geh küß äm de Füß – küß äm de Füß!« – Joel schrie laut, fiel nieder und wollte küssen, allein es wurde nicht gelitten.

»Na! Na!« fuhr der Jude fort: »ich wollt' ich hätt' Millionen Aage, vor ä halb Koppstück ließ ich mir immer ahns apperire.« Kurz, der Jude wurde vollkommen sehend, und als er wegreiste, lief er mit ausgerenkten Armen durch die Fahrgasse und über die Sachsenhäuser Brücke hin, und rief unaufhörlich: »O ihr Leut', dankt Gott für mich, ich war blind und bin sehend geworden! Gott laß den Doktor lange leben, damit er noch vielen Blinden helfen könne!« Stilling operierte, außer dem Herrn von Leesner, noch sieben Personen, und alle wurden sehend, indessen konnte ihm keiner etwas zahlen, als der Herr Doktor Hut, der ihm seine Mühe reichlich belohnte.

Aber nun fing auf einmal Stillings schrecklichste Lebensperiode an, die über sieben Jahr' ununterbrochen fortgedauert hat; der Herr von Leesner wurde, aller Mühe ungeachtet, nicht sehend; seine Augen fingen an sich zu entzünden und zu eitern, mehrere Ärzte unterstützten ihn, aber es half alles nichts. Schmerzen und Furcht für unheilbarer Blindheit schlugen alle Hoffnung darnieder.

Jetzt glaubte Stilling, er müßte vergehen, er rung mit Gott um Hülfe, aber alles vergebens, alle freundliche Gesichter verschwanden, alles zog sich zurück und Stilling blieb in seinem Jammer allein; Freund Goethe und seine Eltern suchten ihn aufzurichten; allein das half nicht, er sah nun weiter nichts als eine schreckliche Zukunft; Mitleiden seiner Freunde, das ihn nichts half, und dagegen Spott und Verachtung in Menge, wodurch ihn ferner alle Praxis würde erschwert werden. Jetzt fing er an zu zweifeln, daß ihn Gott zur Medizin berufen habe; er fürchtete, er habe denn doch vielleicht seinem eigenen Triebe gefolgt und werde sich nun lebenslang mit einem Beruf schleppen müssen, der ihm äußerst zuwider sei; nun trat ihm seine dürftige Verfassung wieder lebhaft vor die Seele; er zitterte, und bloß ein geheimes Vertrauen auf Gottes väterliche Vorsorge, das er kaum selbst bemerkte, erhielt ihn, daß er nicht ganz zugrunde ging.

Als er einsmals bei dem Herrn von Leesner saß und sich mit Tränen über die mißlungene Kur beklagte, fing der edle Mann an: »Geben Sie sich zufrieden, lieber Doktor! es war mir gut, darum auch Gottes Wille, daß ich blind bleiben mußte, aber ich sollte die Sache unternehmen und ihnen tausend Gulden zahlen, damit den übrigen Armen geholfen würde.« Die tausend Gulden empfing auch Stilling richtig, er nahm sie mit Schwermut an und reiste nach einem Aufenthalt von acht Wochen wieder nach Schönenthal zurück. Hier war nun alles still, alle seine Freunde bedauerten ihn, und vermieden sehr, von der Sache zu reden. Der liebe Theodor Müller, der ihm so treu geraten hatte, war zu seinem großen Kummer während der Zeit in die Ewigkeit gegangen; der gemeine Haufen aber, vornehmer und geringer Pöbel, spotteten ohne Ende; das wußt' ich wohl, hieß es, der Mensch hat ja nichts gelernt, und doch will er immer oben naus, es ist dem Windbeutel ganz recht, daß er so auf die Nase fällt usw.

Wenn nun auch Stilling sich über das alles hätte hinaussetzen wollen, so half es doch mitwirken, daß er nun keinen Zulauf mehr hatte; die Häuser, welche er sonst bediente, hatten während seiner Abwesenheit andre Ärzte angenommen, und niemand bezeugte Lust, sich wieder zu ihm zu wenden; mit einem Worte: Stillings Praxis wurde sehr klein, man fing an ihn zu vergessen, seine Schulden wuchsen, denn die tausend Gulden reichten zu ihrer Tilgung nicht zu, folglich wurde sein Jammer unermeßlich! er verbarg ihn zwar vor aller Welt, soviel er konnte, desto schwerer wurde er ihm aber zu tragen; sogar die Friedenbergische Familie fing an kalt zu werden; denn sein eigener Schwiegervater begann zu glauben, er müsse wohl kein guter Haushalter sein; er mußte manche ernstliche Ermahnung hören, und öfters wurde ihm zu Gemüte geführt, daß das Kapital von funfzehnhundert Talern, womit er studiert, Instrumente und die nötigen Bücher nebst dem dringendsten Hausrat angeschafft, und wofür Herr Friedenberg Bürge geworden war, nun bald bezahlt werden müßte; dazu wußte aber Stilling nicht den entferntesten Weg; es kränkte ihn tief in der Seele, daß der edle Mann, der ihm sein Kind gab, als noch kein Beruf, viel weniger Brot da war, der mit ihm blindlings auf die Vorsehung getraut hatte, nun auch zu wanken anfing. Christine empfand diese Veränderung ihres Vaters hoch, und begann daher einen Heldenmut zu fassen, der alles übertraf; das war aber auch nötig, ohne diese ungewöhnliche Stärke hätte sie, als ein schwaches Weib, unterliegen müssen.

Dieser ganz verzweifelten Lage ungeachtet, fehlte es doch nie am Nötigen, nie hatte Stilling Vorrat, aber wenn's dasein mußte, so war es da; dies stärkte nun ihrer beider Glauben, so, daß sie doch das Leiden aushalten konnten.

Im Frühjahr 1775 gebar Christine wieder einen Sohn, der aber nach vier Wochen starb; sie litte in diesem Kindbett außerordentlich; an einem Morgen sahe sie Stilling in einem tauben Hinbrüten daliegen, er erschrak und fragte sie, was ihr fehle? sie antwortete, »ich bin den Umständen nach gesund, aber ich habe einen erschrecklichen innern Kampf, laß mich in Ruhe, bis ich ausgekämpft habe«; mit der größten Sorge erwartete er die Zeit der Aufklärung über diesen Punkt. Nach zweien traurigen Tagen rief sie ihn zu sich, sie fiel ihm um den Hals und sagte: »Lieber Mann! ich hab nun überwunden, jetzt will ich dir alles sagen: Siehe! ich kann keine Kinder mehr gebären, du als Arzt wirst es einsehen; indessen bist du ein gesunder junger Mann; ich habe also die zween Tage mit Gott und mit mir selbst um meine Auflösung gekämpft, und ihn sehnlich gebeten, er möchte mich doch zu sich nehmen, damit du wieder eine Frau heiraten könnest, die sich besser für dich schickt, wie ich.« Dieser Auftritt ging ihm durch die Seele: »Nein, liebes Weib!« fing er an, indem er sie an sein klopfendes Herz drückte, »darüber sollst du nicht kämpfen, viel weniger um deinen Tod beten, lebe und sei nur ganz getrost! – von dieser Sache läßt sich kein Wort mehr sagen.« Christine bekam von nun an keine Kinder mehr.

Den folgenden Sommer erhielt Stilling einen Brief von seinem Freunde, dem Herrn Doktor Hofmann in Frankfurt, worin ihm im Vertrauen entdeckt wurde, daß der Herr von Leesner seine unheilbare Blindheit sehr hoch empfände und über seinen Augenarzt zuweilen Mißtrauen äußerte; da er nun so fürstlich bezahlt worden, so möchte er seinen guten Ruf noch dadurch die Krone aufsetzen, daß er auf seine eigene Kosten den Herrn von Leesner noch einmal besuchte, um noch alles mögliche zu versuchen; indessen wollte er, Hofmann, diese Reise abermals in die Zeitung setzen lassen, vielleicht würde ihn der Aufwand reichlich vergolten. Stilling fühlte das Edle in diesem Plan ganz, wenn er ihn ausführen würde, selbst Christine riet ihm zu reisen, aber auch sonst niemand, jedermann war gegen dieses Unternehmen; allein jetzt folgte er bloß seiner Empfindung des Rechts und der Billigkeit; er fand auch einen Freund, der ihm hundert Taler zu der Reise vorstreckte, und so reiste er mit der Post abermal nach Frankfurt, wo er wieder bei Goethe einkehrte.

Der Herr von Leesner wurde durch diesen unvermuteten Besuch äußerst gerührt, und er tat die erwünschte Würkung, auch fanden sich wieder verschiedene Starpatienten ein, die Stilling alle operierte; einige wurden sehend, einige nicht, keiner aber war imstande, ihm seine Kosten zu vergüten, daher setzte ihn diese Reise um hundert Taler tiefer in Schulden; auch jetzt hielt er sich wieder acht traurige Wochen in Frankfurt auf.

Während der Zeit beging Stilling eine Unvorsichtigkeit, die ihn oft gereuet und ihm viel Verdruß gemacht hat; er fand nämlich bei einem Freunde »Das Leben und die Meinungen des Magister Sebaldus Nothankers« liegen, er nahm das Buch mit, und las es durch; die bittere Satire, das Lächerlichmachen der Pietisten, und sogar wahrhaft frommer Männer, ging ihm durch die Seele; ob er gleich selbst nicht mit den Pietisten zufrieden war, auch vieles von ihnen dulden mußte, so konnte er doch keinen Spott über sie ertragen, denn er glaubte, Fehler in der Religion müßten beweint, beklagt, aber nicht lächerlich gemacht werden, weil dadurch die Religion selbst zum Spott würde. Dies Urteil war gewiß ganz richtig, allein der Schritt, den jetzt Stilling wagte, war nicht weniger übereilt. Er schrieb nämlich in einem Feuer: »Die Schleuder eines Hirtenknaben gegen den hohnsprechenden Philister, den Verfasser des Sebald Nothankers«, und ohne die Handschrift nur einmal wieder kaltblütig durchzugehen, gab er's siedwarm in die Eichenbergische Buchhandlung. Sein Freund Kraft widerriet ihm den Druck sehr, allein es half nicht, es wurde gedruckt.

Kaum war er wieder in Schönenthal, so fing ihn der Schritt an zu reuen, er überlegte nun, was er getan, und welche wichtige Feinde er sich dadurch auf den Hals gezogen hätte; zudem hatte er in der Schleuder seine Grundsätze nicht genug entwickelt, er fürchtete also, das Publikum möchte ihn für dumm-orthodox halten, er schrieb also ein Traktätchen unter dem Titel: »Die große Panazee gegen die Krankheit des Unglaubens«; dieses wurde auch in dem nämlichen Verlag gedruckt. Während dieser Zeit fand sich ein Verteidiger des »Sebald Nothankers«; ein gewisser niederländischer Kaufmann schrieb gegen die »Schleuder«; dies veranlaßte Stillingen abermals die Feder zu ergreifen und die »Theodizee des Hirtenknaben zur Berichtigung und Verteidigung der Schleuder desselben« herauszugeben; in diesem Werk verfuhr er sanft, er bat den Verfasser des »Nothankers« wegen seiner Heftigkeit um Vergebung, ohne jedoch das geringste von seinen Grundsätzen zu widerrufen; dann suchte er seinem Gegner, dem niederländischen Kaufmann, richtige Begriffe von seiner Denkungsart beizubringen, und vermied dabei alle Bitterkeit, soviel als ihm möglich war. Außer noch einigen kleinen Neckereien, die weiter keine Folgen hatten, ging nun die ganze Sache damit zu Ende.

Um diese Zeit entstunden zu Schönenthal zwo Anstalten an welchen Stilling vielen Anteil hatte: verschiedene edle und aufgeklärte Männer errichteten eine geschlossene Gesellschaft, die sich mittwochs abends zu dem Ende versammelte, um sich durch Lesen nützlicher Schriften und Unterredung über mancherlei Materien wechselseitig zu vervollkommnen. Wer Lust und Kraft hatte, konnte auch Abhandlungen vorlesen. Vermittelst festgesetzter Beiträge wurde allmählich eine Bibliothek von auserlesenen Büchern gesammelt, und die ganze Anstalt gemeinnützig gemacht, sie blüht und besteht noch, und ist seit der Zeit noch weit blühender und zahlreicher geworden.

Hier hatte nun Stilling, der, nebst seinen beständigen Freunden Troost und Dinkler, eins der ersten Mitglieder war, Gelegenheit, sein Talent zu zeigen, und sich den Auserlesensten seiner Mitbürger besser bekannt zu machen: er legte Eulers »Briefe an eine deutsche Prinzessin« zum Grunde, und las in der Versammlung der geschlossenen Gesellschaft ein Kollegium über die Physik; dadurch empfahl er sich nun ungemein; alle Mitglieder gewannen ihn lieb, und unterstützten ihn auf allerlei Weise; freilich wurden seine Schulden dadurch nicht vermindert, im Gegenteil: der Mangel an Praxis vergrößerte sie von einem Tag zum andern, allein sie wären doch noch größer geworden, wenn sich Stilling alles hätte anschaffen sollen, was ihm von diesen braven Männern geschenkt wurde.

Die zweite Anstalt betraf einen mineralischen Brunnen, welcher in der Nähe von Schönenthal entdeckt wurde. Dinkler, Troost und Stilling betrieben die Sache und letzterer wurde von der Obrigkeit zum Brunnenarzt verordnet, er bekam zwar kein Gehalt, allein seine Praxis wurde doch um etwas vermehrt, obgleich nicht in der Maß, daß er sich ordentlich hätte durchbringen, geschweige Schulden bezahlen können.

Diese beiden Verbindungen brachte die Pietisten noch mehr gegen ihn auf! sie sahen, daß er sich immer mehr mit Weltmenschen einließ, und des Räsonierens und Lästerns war daher kein Ende. Es ist zu beklagen, daß diese sonst wahrhaft gute Menschenklasse die große Lehre Jesu, den sie doch sonst so hoch verehren: Richtet nicht, so werdet ihr auch nicht gerichtet, so wenig beobachten: alle ihre Vorzüge werden dadurch vernichtet und ihr Urteil an jenem Tage wird, so wie das Urteil der Pharisäer, sehr schwer sein, ich nehme hier feierlich die Edlen und Rechtschaffenen, dies Salz der Erde, unter ihnen aus, sie verdienen Ehrfurcht, Liebe und Schonung, und mein Ende sei wie ihr Ende.

Im Frühling des 1776sten Jahres mußte Stilling eine andere Wohnung beziehen, weil sein bisheriger Hausherr die seinige selbst brauchen wollte; Herr Troost suchte ihn also eine und fand sie; sie lag am untern Ende der Stadt, am Wege nach Rüsselstein, an einer Menge von Gärten; sie war paradiesisch schön und bequem. Stilling mietete sie, und rüstete sich zum Aus- und Einzug. Nun stand ihm aber eine erschreckliche Probe im Wege; bisher hatte er die siebzig Reichstaler Hausmiete jährlich richtig bezahlen können, aber jetzt war kein Heller dazu vorrätig, und doch durfte er nach dem Gesetz nicht eher ausziehen, bis er sie richtig abgetragen hatte. Der Mangel an Kredit und Geld machte ihn auch blöde, seinen Hausherrn um Geduld anzusprechen, indessen war doch kein ander Mittel; beladen mit dem äußersten Kummer, ging er also hin, sein Hausherr war ein braver redlicher Kaufmann, aber strenge und genau, er sprach ihn an, ihm noch eine kleine Zeit zu borgen; der Kaufmann bedachte sich ein wenig und sagte: »Ziehen Sie in Gottes Namen, aber mit dem Beding, daß Sie in vierzehn Tagen bezahlen.« Stilling versprach, in festem Vertrauen auf Gott, nach Verlauf dieser Zeit alles zu berichtigen, und zog nun in seine neue Wohnung; die Heiterkeit dieses Hauses, die Aussicht in Gottes freier Natur, die bequeme Einrichtung, kurz: alle Umstände trugen zur Erleichterung des tiefen Kummers freilich vieles bei, allein die Sache selbst wurde doch nicht gehoben und der nagende Wurm blieb.

Das Ende der vierzehn Tage rückte heran, und es zeigte sich nicht der geringste Anschein, woher die siebzig Taler genommen werden sollten. Jetzt ging dem armen Stilling wieder das Wasser an die Seele; oft lief er auf seine Schlafkammer, fiel auf sein Angesicht, weinte und flehte zu Gott um Hülfe, und wenn ihn sein Beruf fort rief, so nahm Christine seine Stelle ein, sie weinte laut und betete mit einer Inbrunst des Geistes, daß es einen Stein hätte bewegen sollen, allein es zeigte sich keine Spur, an so viel Geld zu kommen; endlich brach der furchtbare Freitag an, beide beteten den ganzen Morgen während ihren Geschäften unaufhörlich, und die stechende Herzensangst trieb ohne Unterlaß feurige Seufzer empor.

Um zehn Uhr trat der Briefträger zur Tür herein; in einer Hand hielt er das Quittungsbüchelchen, und in der andern einen schwer beladenen Brief. Voller Ahndung nahm ihn Stilling an, es war Goethens Hand und seitwärts stand: »Beschwert mit hundertundfunfzehn Reichstaler in Golde.« Mit Erstaunen brach er den Brief auf, las – und fand, daß Freund Goethe ohne sein Wissen, den Anfang seiner Geschichte unter dem Titel: »Stillings Jugend«, hatte drucken lassen, und hier war das Honorarium. – Geschwind quittierte Stilling den Empfang, um den Briefträger nur fort zu bringen; jetzt fielen sich beide Eheleute um den Hals, weinten laut und lobten Gott. Goethe hatte, während Stillings letzten Reise nach Frankfurt, den bekannten Ruf nach Weimar bekommen, und dort hatte er Stillings Geschichte zum Druck befördert.

Was diese sichtbare Darzwischenkunft der hohen Vorsehung für gewaltige Würkung auf Stillings und seiner Gattin Herzen machte, das ist nicht zu sagen; sie faßten den unerschütterlich festen Entschluß, nie mehr zu wanken und zu zweifeln; sondern alle Leiden mit Geduld zu ertragen, auch sahen sie im Licht der Wahrheit ein, daß sie der Vater der Menschen an der Hand leite, daß also ihr Weg und Gang vor Gott recht sei, und daß er sie zu höhern Zwecken durch solche Prüfungen vorbereiten wolle. O wie matt und wie ekel werden einem, der so vielfältige Erfahrungen von dieser Art hat, die Sophistereien der Philosophen, wenn sie sagen: Gott bekümmere sich nicht um das Einzelne, sondern bloß ums Ganze, er habe den Plan der Welt festgesetzt, mit Beten ließ sich also nichts ändern. – O ihr Tüncher mit losem Kalk! – wie sehr schimmert der alte Greuel durch! – Jesus Christus ist Weltregent, Stilling rief ihn hundertmal an, und er half, – er führte ihn den dunkeln gefährlichen Felsenweg hinan, und – doch ich will mir nicht selbst vorlaufen. Was helfen da Sophisten-Spinnengewebe von logisch richtigen Schlüssen, wo eine Erfahrung der andern auf den Fuß nachfolgt? Es werden im Verfolg dieser Geschichte noch treffendere Beweise erscheinen. Stillings Freundschaft mit Goethe, und der Besuch dieses letztern zu Schönenthal, wurde von denen, die Auserwählte Gottes sein wollen, so sehr verlästert; man schauderte für ihn als einen Freigeist, und schmähte Stillingen, daß er Umgang mit ihm hätte, und doch war die Sache Plan und Anstalt der ewigen Liebe, um ihren Zögling zu prüfen, von ihrer Treue zu überzeugen, und ihn ferner auszubilden. Indessen war keiner von denen, die da lästerten, fühlbar genug, um Stillingen nur mit einem Heller zu unterstützen; sogenannte Weltmenschen waren am öftersten die gesegnetesten Werkzeuge Gottes, wenn er Stillingen helfen und belehren wollte.

Ich hab's hundertmal gesagt und geschrieben, und kann's nicht müde werden, zu wiederholen: Wer ein wahrer Knecht Gottes sein will, der sondre sich nicht von den Menschen ab, sondern bloß von der Sünde; er schließe sich nicht an eine besondere Gesellschaft an, die sich's zum Zweck gemacht hat, Gott besser zu dienen als andere; denn in dem Bewußtsein dieses Besser-Dienens wird sie allmählich stolz, bekommt einen gemeinen Geist, der sich auszeichnet, Heuchler zu sein scheint, und auch manchmal Heuchler, und also dem reinen und heiligen Gott ein Greuel ist. Ich habe viele solcher Gesellschaften gekannt, und noch immer zertrümmerten sie mit Spott; und der Religion zur Schmach. Jüngling, willst du den wahren Weg gehen, so zeichne dich durch nichts aus, als durch ein reines Leben und edle Handlungen; bekenne Jesum Christum durch eine treue Nachfolge seiner Lehre und seines Lebens, und sprich nur von ihm, wo es Not tut und frommer; dann aber schäme dich auch seiner nicht. Traue ihm in jeder Lage deiner Schicksale, und bete zu ihm mit Zuversicht, er wird dich gewiß zum erhabenen Ziel führen.

Über tredition

Eigenes Buch veröffentlichen

tredition wurde 2006 in Hamburg gegründet und hat seither mehrere tausend Buchtitel veröffentlicht. Autoren veröffentlichen in wenigen leichten Schritten gedruckte Bücher, e-Books und audio-Books. tredition hat das Ziel, die beste und fairste Veröffentlichungsmöglichkeit für Autoren zu bieten.

tredition wurde mit der Erkenntnis gegründet, dass nur etwa jedes 200. bei Verlagen eingereichte Manuskript veröffentlicht wird. Dabei hat jedes Buch seinen Markt, also seine Leser. tredition sorgt dafür, dass für jedes Buch die Leserschaft auch erreicht wird.

Im einzigartigen Literatur-Netzwerk von tredition bieten zahlreiche Literatur-Partner (das sind Lektoren, Übersetzer, Hörbuchsprecher und Illustratoren) ihre Dienstleistung an, um Manuskripte zu verbessern oder die Vielfalt zu erhöhen. Autoren vereinbaren direkt mit den Literatur-Partnern die Konditionen ihrer Zusammenarbeit und partizipieren gemeinsam am Erfolg des Buches.

Das gesamte Verlagsprogramm von tredition ist bei allen stationären Buchhandlungen und Online-Buchhändlern wie z. B. Amazon erhältlich. e-Books stehen bei den führenden Online-Portalen (z. B. iBookstore von Apple oder Kindle von Amazon) zum Verkauf.

Einfach leicht ein Buch veröffentlichen: **www.tredition.de**

Eigene Buchreihe oder eigenen Verlag gründen

Seit 2009 bietet tredition sein Verlagskonzept auch als sogenanntes "White-Label" an. Das bedeutet, dass andere Unternehmen, Institutionen und Personen risikofrei und unkompliziert selbst zum Herausgeber von Büchern und Buchreihen unter eigener Marke werden können. tredition übernimmt dabei das komplette Herstellungs- und Distributionsrisiko.

Zahlreiche Zeitschriften-, Zeitungs- und Buchverlage, Universitäten, Forschungseinrichtungen u.v.m. nutzen diese Dienstleistung von tredition, um unter eigener Marke ohne Risiko Bücher zu verlegen.

Alle Informationen im Internet: **www.tredition.de/fuer-verlage**

tredition wurde mit mehreren Innovationspreisen ausgezeichnet, u. a. mit dem Webfuture Award und dem Innovationspreis der Buch Digitale.

tredition ist Mitglied im Börsenverein des Deutschen Buchhandels.

Dieses Werk elektronisch lesen

Dieses Werk ist Teil der Gutenberg-DE Edition DVD. Diese enthält das komplette Archiv des Projekt Gutenberg-DE. Die DVD ist im Internet erhältlich auf **http://gutenbergshop.abc.de**

Zeitfracht Medien GmbH
Ferdinand-Jühlke-Straße 7
99095 Erfurt, Deutschland
produktsicherheit@kolibri360.de